CB065650

Este caderno pertence a

A Amizade, eterna rosa azulada em nossa pele, faz com que
este livro seja completamente dedicado aos nossos amigos.
Eles que se enredam nas flores amorosas nos cotidianos
da vida e nos dão a graça de conviver.
A mana Ceia, a companheira Elô e a pequena
Princesa não deixam de estar nesse rol.

Gil

Para o Fabinho, amigo novo, este hábil contador de
causos que me tem instigado a considerar mais alto
minha alma feminina,
em eterna paixão com o masculino dominador.

Edson

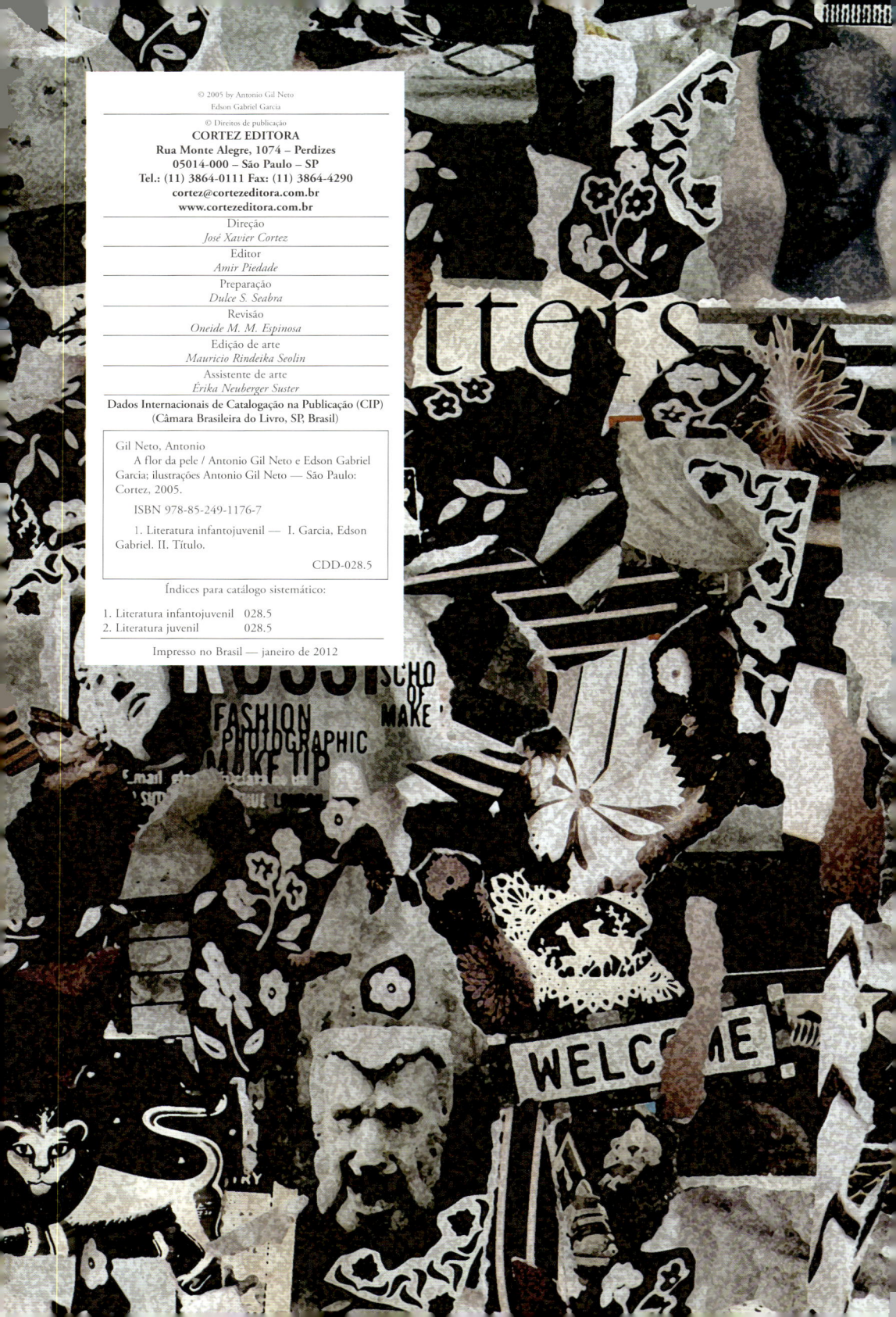

© 2005 by Antonio Gil Neto
Edson Gabriel Garcia

© Direitos de publicação
CORTEZ EDITORA
Rua Monte Alegre, 1074 – Perdizes
05014-000 – São Paulo – SP
Tel.: (11) 3864-0111 Fax: (11) 3864-4290
cortez@cortezeditora.com.br
www.cortezeditora.com.br

Direção
José Xavier Cortez

Editor
Amir Piedade

Preparação
Dulce S. Seabra

Revisão
Oneide M. M. Espinosa

Edição de arte
Mauricio Rindeika Seolin

Assistente de arte
Érika Neuberger Suster

Dados Internacionais de Catalogação na Publicação (CIP)
(Câmara Brasileira do Livro, SP, Brasil)

Gil Neto, Antonio
  A flor da pele / Antonio Gil Neto e Edson Gabriel
Garcia; ilustrações Antonio Gil Neto — São Paulo:
Cortez, 2005.

  ISBN 978-85-249-1176-7

  1. Literatura infantojuvenil — I. Garcia, Edson
Gabriel. II. Título.

                                            CDD-028.5

Índices para catálogo sistemático:

1. Literatura infantojuvenil   028.5
2. Literatura juvenil   028.5

Impresso no Brasil — janeiro de 2012

Antonio Gil Neto
Edson Gabriel Garcia

A flor da pele

Uma história de amor urbano e pós-moderno

Antonio Gil Neto
arte

2ª edição
1ª reimpressão

CORTEZ EDITORA

*D*udu sentou-se no banco de madeira recém-pintado de verde. Estava um pouco cansado e sem muito ânimo. Mais desanimado do que cansado. Na sombra gostosa que cobria o banco duro da praça, um leve vento fresco movimentava os galhos e folhas de uma imensa árvore e alegrava ligeiramente o seu corpo, dando-lhe uma gostosa sensação de felicidade. Sentado, deixou seus olhos livres na direção do futuro. Apesar das pessoas e dos carros que circulavam, das árvores da praça e dos prédios em volta, o sentido de Dudu era preenchido por um grande vazio do presente que se projetava para o futuro.

Naquela semana ele já tinha feito cinco entrevistas e tentado outras três em busca de trabalho. Era sempre a mesma resposta educada, mas evasiva e vazia: quando precisar a gente chama. Ninguém chamava, ninguém dava sinal de vida. Só o mesmo dilema atormentando sua vida: sem experiência é difícil conseguir trabalho; sem trabalho é impossível ter experiência. Dudu, a meio caminho do ensino médio, precisava sem demora de um trabalho, mas a realidade do país ia-lhe mostrando uma verdade pesada: as oportunidades andavam escassas e escondidas nas dobras da insensatez.

Assim, cansado e desanimado, deixou-se ficar em silêncio, aproveitando a paz que o sombreado e o vento delicado, ali na praça, lhe ofereciam instantaneamente. Uma pessoa veio e sentou-se ao seu lado no banco verde. Dudu olhou-a distraidamente com o rabo dos olhos, sem muita curiosidade, mais motivado pelo movimento da madeira do banco do que por outra razão. Era uma moça. Pelo rabo dos olhos também viu que a moça estava inquieta, mexia muito as mãos, que seguravam um pequeno livro ou algo parecido. Nada além disso. Dudu distraiu-se novamente em seu silêncio de preocupação e perdeu de vista a moça. Tanto que nem viu quando ela se levantou e foi embora. Algum tempo depois ele percebeu esquecido no banco o pequeno livreto que a moça segurava. Ela já não estava ali e em seu lugar ficara o pequeno livro, com cara de agenda pessoal ou diário. Dudu olhou o objeto e sentiu-se como ele, sozinho e abandonado ao próprio destino. Talvez por isso tenha movido o braço direito e pego, com certa dose de carinho e simpatia, o livreto. Com o objeto nas mãos, foi examinando e descobrindo suas particularidades. Era um caderno não muito grande, de capa dura cor de ouro velho, todo ele feito de papel reciclado. Nas páginas internas havia anotações de natureza afetiva e emocional. No lado interno da capa, um nome feminino, Eva, e um número de telefone. Ainda bem, pensou. Discaria o número e devolveria o diário. Pensando assim, Dudu deu-se ao direito de folhear mais calmamente o interior do diário e passear os olhos pelas anotações. Mas resolveu fazer isso no ônibus, a caminho de casa. Levantou-se do banco, com o diário na mão, e dirigiu-se ao ponto de ônibus.

❊

.../ *outubro*

Tudo o que eu quero, tudo o que eu preciso neste momento da minha vida, Ju, é olhar bem nos seus olhos, cara a cara, olho no olho e ouvir de você a verdade que eu preciso saber e que você tanto preza, meu caro... Olhe, se eu estiver errada, claro que vou saber reconhecer, pedir desculpas, ficar calma, sei lá... Você sabe que eu estou confusa, cara. E isso não é do meu feitio. Não adianta você inventar que foi com o Riva visitar o pai dele na chácara em Bertioga ou que você está estudando pra caramba para a prova de português. Ju, você nunca deu uma de X-Man ou de Demolidor, muito menos se amarra tanto em estudar e estudar... Que ridículo, não é? Mas é que eu sinto que você está me evitando pra valer. Pelo menos, ultimamente. Tou louca?... Tou equivocada?... O que acontece? Vou deixar esse bilhete com a Sílvia para ela lhe entregar ainda hoje, de madrugada, quem sabe... Ela também não quer saber de nada. Só entrega o bilhete e pronto. (Coisas de irmã ciumenta ou é mais uma prova do crime?) Bom, faz quase quatro dias que a gente não se fala. Esqueceu meu celular? O que acontece? Será que teu amor por mim está se acabando? Ou já acabou e eu fui a última a saber... Vamos nos falar... Me LIGUE!!! Um beijo

Vi

PS: Ganhei o DVD *Matrix*. Ainda está de pé vermos juntos? Desculpe a letra. Estou escrevendo bem rápido pra Si levar... Você não vem mais ao colégio?

quarta-feira

Vi,

Lá vem você com mania de ciúmes. Essa é nova. Às vezes acontecem coisas na vida da gente que a gente não espera ou não sabe explicar. Diga pra mim, você ajudaria um amigo seu numa situação difícil? Pense nesse lance... Lembra daquele nosso papo de confiança, tudo o mais, você esqueceu? Amanhã também vou faltar. Depois eu falo com você sobre esse lance do Riva. Você vai entender e, quem sabe, tirar essas minhocas da cabeça. Posso até levar os comprovantes dos pedágios SP-Bertioga, como provas ou álibis. Ah, ia me esquecendo, o Matrix é maneiro... quero ver com você, mas você vai ter de me dar um help, para eu colocar em dia as matérias que perdi, que eu sou um Z-Man, um camaleão...

Fique legal... Um beijo (via Si)

Juliano

... / fevereiro

Hoje começou tudo de novo. Amigos novos de turma. O pessoal parece ser animado. Algumas meninas legais, outras nem tanto. Os meninos, bem, na maioria têm cara de pirralhos grudentos. Mas tem um que me amarrei logo de cara. Que jeito bonito! Será que vou me apaixonar? Vamos aguardar as próximas cenas, que ainda é bem cedo para ficar interessada em alguém. Agora vou ter de sair e levar o jantar para o meu pai na banca. Quem sabe esta noite sonho com ele!

... / fevereiro

E não é que sonhei!... Hoje no intervalo olhei bem pra ele com jeito de quem tinha dormido junto. Acho que ele não entendeu nada. Fez uma cara esquisita, mas bem bonita... Que olhos!... Conversei um pouco com ele. Coisas bobas... Mas ele foi muito legal mesmo!!! E não é que eu estou a fim?!

... / fevereiro

Hoje ele me surpreendeu... Além de corpo, boca, pernas, tudo bonito... ele ainda é mais bonito por dentro. Sabe defender suas ideias e defender as pessoas quando são ridicularizadas em público. Hoje quase brigou com o professor de matemática quando ele fez uma piadinha de mau gosto para cima do Waldir, que, além de gordo, língua presa, fala mole, é preto como uma noite azulada. Ainda bem que o pessoal da classe apoiou o meu herói do coração e a nossa diretora, que não é boba nem nada, até valorizou sua atitude de tomar as dores do amigo. Bom, o que acontece é que eu ando pensando nele demais. Vejo a novela e penso nele. Escuto uma música e penso nele. Ultimamente ele anda dando umas boas olhadas para mim. Tenho sentido. É claro que eu estou gostando. Amanhã, acho, vou contar esse segredo pra Marcinha. Será que ela me ajuda?

.../ *março*

Juliano. Esse é o nome dele. Tão bonito como ele. Por fora e por dentro. Hoje na saída conversamos um pouco mais. A Marcinha é mais chegada nele. Não falei nada ainda pra ela. Estou insegura. Mas na primeira chance ela me apresentou. Oficialmente. Eles são vizinhos. Será que ela sacou o meu sentimento? Gostei do jeito como ele falou comigo. Supergente fina... Meu Deus!!! O que vai acontecer?

.../ *março*

Conversei com o Juliano várias vezes esta semana. Emprestei para ele um CD dos Titãs e meu caderno de português. Quando ele devolver eu vou é beijar cada um e muito e muito... Sinto que ele está também um pouco caído por mim... Vamos ver... Agora tenho de levar minha avó Soraya até a farmácia. Ela já não está enxergando quase nada. Eu adoro minha avó. Ela me conta cada história incrível!... Penso que vou me abrir com ela sobre o Juliano e eu. Um só coração...

First Kisses

bacio amoroso.

ME 1952

A kiss is something you cannot give without taking and cannot take without giving.

(Anonymous)

.../ abril

Ju. É assim que eu estou chamando o Juliano. Íntimo, não é? Estou muito feliz por isso. O pessoal anda fazendo gozação para cima de mim e dele. Fico vermelha, me denuncio e eu gosto. Na saída fomos tomar um sorvete. Conversamos sobre vários assuntos. Gostei muito. Mas o que eu mais gostei e que não me sai da cabeça foi quando ele falou que meu cabelo era bonito e passou a mão. Quase morri. Por pouco meu sorvete de morango não foi pro chão. Mas fiquei firme e esperando o que vai vir.

.../ abril

Hoje valeu. Vou falar de uma vez só: contei pra minha avó do Ju, a Marcinha já tinha percebido tudo e hoje, agorinha, agorinha, o Ju me deu um beijo na boca. Um escândalo. Uma delícia. Quero mais!!!

SE TU VIESSES VER-ME...

Se tu viesses ver-me hoje à tardinha,
A essa hora dos mágicos cansaços,
Quando a noite de manso se avizinha,
E me prendesses toda nos teus braços...

Quando me lembra: esse sabor que tinha
A tua boca... o eco dos teus passos...
O teu riso de fonte... os teus abraços...
Os teus beijos... a tua mão na minha...

Se tu viesses quando, linda e louca,
Traça as linhas dulcíssimas dum beijo
E é de seda vermelha e canta e ri

E é como um cravo ao sol a minha boca...
Quando os olhos se me cerram de desejo...
E os meus braços se estendem para ti...

Florbela Espanca

"Sossega, coração! Não desesperes

Vista do parque do Anhangabaú tirada por fotógrafo anônimo (c. 1927)

Talvez um dia, para além
dos dias,
Encontres o que queres porque
o queres.
Então, livre de falsas nostalgias,
Atingirás a perfeição de seres.
(Fernando Pessoa)

O menino desceu do ônibus a mil por hora. Passou parte da viagem distraído lendo um livro ou caderno que segurava entre as mãos. Interessante: na hora de descer acabou deixando o objeto de sua atenção no banco do busão. Como se não fosse seu, como se não quisesse continuar a leitura do que ali estava registrado. Fiquei olhando para ele, descendo e caminhando pela calçada suja, sem fazer um gesto sequer que indicasse lembrar-se do livro ou caderno. Num impulso, eu o peguei e, da janela do busão, acenei-lhe sucessivamente. Inútil. O coletivo começou a movimentar-se devagar, voltando ao fluxo do trânsito, e o menino foi ficando para trás, sem responder aos meus acenos. Parecia que o vidro das janelas impedia qualquer comunicação entre nós. Quase pensei "como esses jovens de hoje têm a cabeça vazia", mas retrocedi do pensamento pois lembrei que também sou jovem. Segui minha viagem, em direção à escola, agora carregando outro caderno na mão. E como o tempo de viagem era longo, eu o abri e comecei a folhear distraidamente suas folhas internas, olhando os seus escritos aqui e ali. Parecia ser uma agenda ou diário de alguém que registrava nas folhas brancas uma história – ou pedaços dela – de amor entre duas pessoas. Não era história linear e cronológica, pois tudo estava meio fragmentado, trechos escritos à mão, recortes de jornais e revistas, bilhetes e cartas coladas ou guardadas em bonitos envelopes. Um dos correspondentes usava envelopes característicos, parecia ter sempre o mesmo jeito de se comunicar. O destinatário e dono da agenda ia acomodando tudo, colando, grudando, grampeando, transcrevendo. Senti-me parecida com o menino que havia descido do busão e esquecido a agenda: as coisas ali registradas chamavam minha atenção e prendiam meu interesse na leitura de fragmentos de um discurso amoroso. Folheava, olhava, viajava, distraía-me. Numa das páginas um poema sem autor, chamado "A instalação do amor", em uma folha de revista recortada e colada, mexeu comigo. Fiquei vagando pelo universo das palavras, pensando sobre a palavra "instalação". Instalação combina com amor. Como o amor aparece na vida da gente? Entra, assim sem pedir licença e vai-se instalando, tomando posse, devagar, de mansinho, mexendo com as certezas, empurrando para o canto, para debaixo do tapete, as outras emoções. Não é isso que está acontecendo comigo? Uma outra coisa foi-se instalando, foi chegando e ocupando lugar, empurrando para fora o sentimento de antes que estava ali meio morto, meio sem sal e sem açúcar. Então, de repente, quando penso que vou encontrar o Zeca, meu coração dispara ameaçando sair pela boca, as pernas tremem, perco controle dos músculos e as mãos suam. O que é isso senão amor? O que é isso senão uma instalação? Mesmo sabendo que tudo é novo, não posso controlar-me e fechar as portas do coração. As informações vão chegando e sendo registradas, as conexões vão-se estabelecendo, e então tudo acontece. Aí como está escrito no poema, "finalmente instalado, o amor desata e explode: enche vazios, esmaga paredes, entope veias, faz outros veios e arregaça emoções pelo meio. Tortura a simplicidade arrematando ordens e sentidos". Ufa, não é isso? Então, meu caro Zeca, espere por mim que estou chegando. E sabe aquela menina com cara de cebola ácida que está sempre pendurada no seu pescoço? Sabe? Ela que se prepare pois eu estou chegando e arregaçando emoções pelo meio.

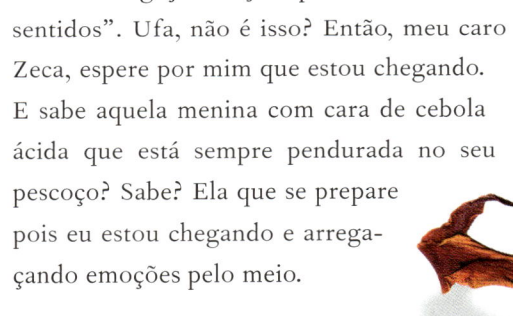

(O poema ao lado foi encontrado na bolsa de uma menina, dobrado cinco vezes, bem amassado, tudo indicando que ela tenha recortado a página de uma revista. Gostei dele assim que o li. Talvez porque vivia na época uma instalação semelhante.)

A INSTALAÇÃO DO AMOR

Primeiro é a convulsão da terra:
acomodada, sem nervuras, sem espera,
deixa crescer a coisa daninha da solidão.
Vem a mão e enxuga os dedos nos grãos sólidos,
arranca o mato sem gosto e cheiro
fazendo buracos esperançados.

Depois é o mistério do preparo:
os olhos são fundamentais nesse trajeto.
Eles medem o cumprimento da empreitada,
descansam carinhos no prumo da chegada,
lambem a terra pré-orgásmica
e passeiam curiosos pelos sortilégios do desejo.

Então vem a semeadura:
a festa acesa do corpo,
o baile generoso dos sentidos.
Bocas que ardem e mordem,
mãos que procuram e acham,
línguas desabotoadas de prazer,
corações protegidos de dor
comem todos a fruta do prazer.

Finalmente instalado,
o amor desata e explode:
enche vazios, esmaga paredes,
entope veias, faz outros veios
e arregaça emoções pelo meio.
Tortura a simplicidade
arrematando ordens e sentidos.

Assim renova-se a vida!

AS REGRAS DO CORAÇÃO

Menina dos olhos alegres:

Ontem, quando recebi o seu *e-mail*, respondi meio apressadamente pois tinha uns quinze para responder ou re-responder. Aproveito agora, de manhã, antes de ir para o trabalho, para mandar mais um dedinho de prosa para o seu coraçãozinho machucado (é isso?). Alguém já escreveu, na letra de uma música, Lupicínio, talvez, que o coração tem razões que a própria razão desconhece. Nada mais definitivo. O coração não se submete às regras de nenhuma lógica, pois tem a sua própria. Também acho que ninguém – que tenha coração – sabe lidar com essa lógica. Além de ser própria, ela se reinventa a cada instante, em cada situação e é própria de cada coração. A minha lógica "cordial" será, certamente, diferente da sua. Por isso não cabem conselhos, dicas etc. O coração e sua lógica são deliciosamente egoístas e esse é o seu *modus operandi* e a sua defesa, ao mesmo tempo. Aparentemente, a única coisa que consegue vencer – na verdade, o verbo não é bem esse, mas me falta um mais adequado... – a lógica do coração é o tempo. O tempo mina a força inteligente dessa lógica e, sem força, ela vai perdendo sua condição de se alimentar e vai enlouquecendo. Por isso que depois de uma quarentena – que muitas vezes pode durar meses e até anos – nesse processo agudo de sofrimento imposto pelas razões cordiais, o coração, quando se vê liberto, explode em nova paixão. Acho que é daí que vem aquele ditado popular que prega que "para esquecer um velho amor só um outro amor". O tempo de cada um na luta contra a lógica das razões cordiais é diferente. Tem gente que sai hoje de um velho, louco e grande amor e de madrugada já estará amando loucamente, de novo, outra pessoa. E não há demérito nenhum nisso: é o tempo de recuperação que cada um tem. E você, como todos nós, deverá viver o seu tempo de ajuste com a lógica do seu coração que, mesmo sendo seu e estando dentro de você, não lhe obedece nessas coisas. Aliás, eis aí um dos mistérios mais bonitos da vida.

Bem, garota, espero que você se recupere logo. Enquanto isso, leia bastante, escreva, pense, veja bons filmes, converse com os amigos, telefone, escreva *e-mails*... isto é, ocupe-se com outras lógicas.

Beijo carinhoso,

Ricardo Henrique

"A gente sempre se amando não vê o tempo passar."

"Depressa, que o amor não pode esperar."

"É o amor sempre nessa toada: briga, perdoa, briga, briga, toada."

"Ponho-me a escrever teu nome com letras de macarrão."

…te mil vezes você.

"Mais as coisas findas, muito mais que lindas, essas ficarão."

.../abril

Hoje acordei super, superfeliz... Ontem eu recebi um presentinho bem legal dele... Vou guardar sempre comigo para marcar as horas, os dias, os segundos e os longos anos que passarei ao lado do Ju. Gostei demais da surpresa que ele me fez deixando essa relíquia no meio do meu caderno de português que eu havia emprestado a ele. É o meu primeiro troféu do amor que recebo. Fora isso ando incomodando muita gente. Não só lá de casa. A galera da escola também anda assim, assim.

A minha mãe do coração – a dona Eulália – diz que anda atarantada tentando cortar as asas da minha cobra... Diz que eu estou muito folgada... ultimamente. Meu pai já fala que eu ando muito sonhadora, vendo passarinho verde em todos os cantos.

"Este o nosso destino: amor sem conta,
Distribuído pelas coisas pérfidas ou nulas,
Doação ilimitada a uma completa ingratidão,
E na concha vazia do amor a procura medrosa,
Paciente, de mais e mais amor."
(C. Drummond de Andrade)

Quanto ao meu irmão, nem vou falar que é um porre só... Pensando bem eles têm razão. É assim mesmo. Já minha avó olha pra mim com aquele imenso olhar azul e pisca alegre, como quem já viveu tudo isso. As meninas do meu grupo ficam zoando o tempo todo. Mas para o Ju é festa e tudo o mais. Os meninos em geral também ficam zoando, mas eles pegam mais leve. Dos professores, uns são legais, outros nem tanto... Por que será? Deveria haver uma matéria obrigatória na escola que tratasse desses conteúdos bonitos e impetuosos que rolam dentro da gente como semente que cai e brota na terra da nossa vida.

Quem me dá uma força mesmo é a dona Maria Alice, nossa professora de português. Às vezes as aulas dela parecem aulas de sentimento. Ela passa de um texto para a vida da gente e como quem nada quer entra pela gramática etc. e tal. Com certeza ela já viveu uma história como a minha. Ou quem sabe ela não está vivendo agorinha mesmo... Também dei de ficar pensativa. Não que eu duvide dele ou de alguma coisa que ele faz. Mas é que há muitas garotas dando em cima dele. Essa é a verdade. Me dá uma insegurança enorme, mas eu finjo que está tudo bem... Depois tudo é compensado quando estamos só nós e mais ninguém. Quando ele chega risonho e lindo a vida parece recomeçar sempre. Como é bom! O relógio fica pequeno e o coração um infinito daqueles! Será que vou me casar com esse cara que eu amo?

A Marcinha diz que nós somos o casal mais legal da escola... Será? É que ela é minha amiga e torce por mim. Fico pensando se a gente foi feito um para o outro, se a gente combina. Por falar nisso ela me trouxe um texto da Internet sobre os signos e o modo de ser das pessoas. Achei curioso. Vou colar aqui os nossos signos para de vez em quando eu ir conferindo o que rola...

Horóscopo diferente

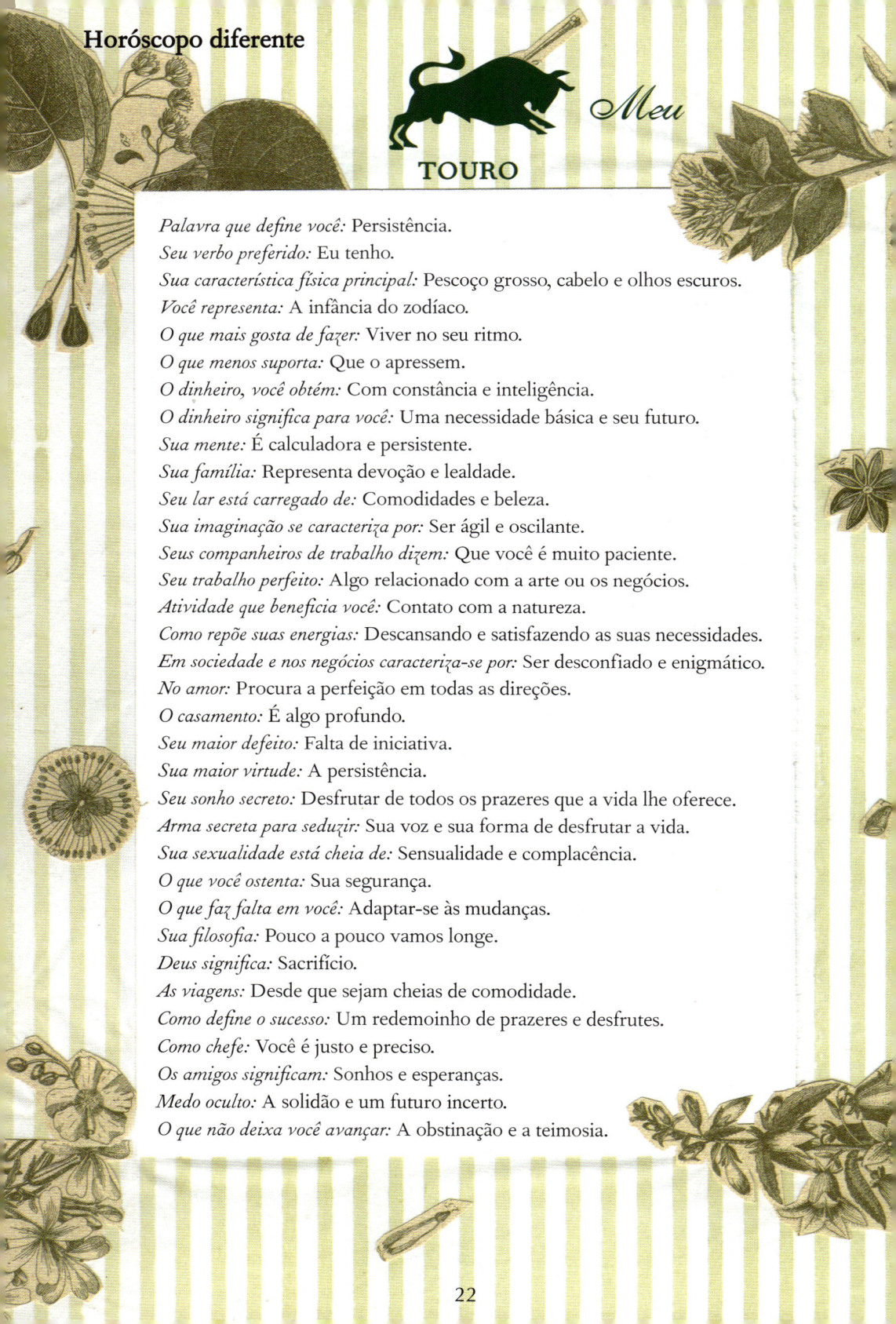

Meu TOURO

Palavra que define você: Persistência.
Seu verbo preferido: Eu tenho.
Sua característica física principal: Pescoço grosso, cabelo e olhos escuros.
Você representa: A infância do zodíaco.
O que mais gosta de fazer: Viver no seu ritmo.
O que menos suporta: Que o apressem.
O dinheiro, você obtém: Com constância e inteligência.
O dinheiro significa para você: Uma necessidade básica e seu futuro.
Sua mente: É calculadora e persistente.
Sua família: Representa devoção e lealdade.
Seu lar está carregado de: Comodidades e beleza.
Sua imaginação se caracteriza por: Ser ágil e oscilante.
Seus companheiros de trabalho dizem: Que você é muito paciente.
Seu trabalho perfeito: Algo relacionado com a arte ou os negócios.
Atividade que beneficia você: Contato com a natureza.
Como repõe suas energias: Descansando e satisfazendo as suas necessidades.
Em sociedade e nos negócios caracteriza-se por: Ser desconfiado e enigmático.
No amor: Procura a perfeição em todas as direções.
O casamento: É algo profundo.
Seu maior defeito: Falta de iniciativa.
Sua maior virtude: A persistência.
Seu sonho secreto: Desfrutar de todos os prazeres que a vida lhe oferece.
Arma secreta para seduzir: Sua voz e sua forma de desfrutar a vida.
Sua sexualidade está cheia de: Sensualidade e complacência.
O que você ostenta: Sua segurança.
O que faz falta em você: Adaptar-se às mudanças.
Sua filosofia: Pouco a pouco vamos longe.
Deus significa: Sacrifício.
As viagens: Desde que sejam cheias de comodidade.
Como define o sucesso: Um redemoinho de prazeres e desfrutes.
Como chefe: Você é justo e preciso.
Os amigos significam: Sonhos e esperanças.
Medo oculto: A solidão e um futuro incerto.
O que não deixa você avançar: A obstinação e a teimosia.

Horóscopo diferente

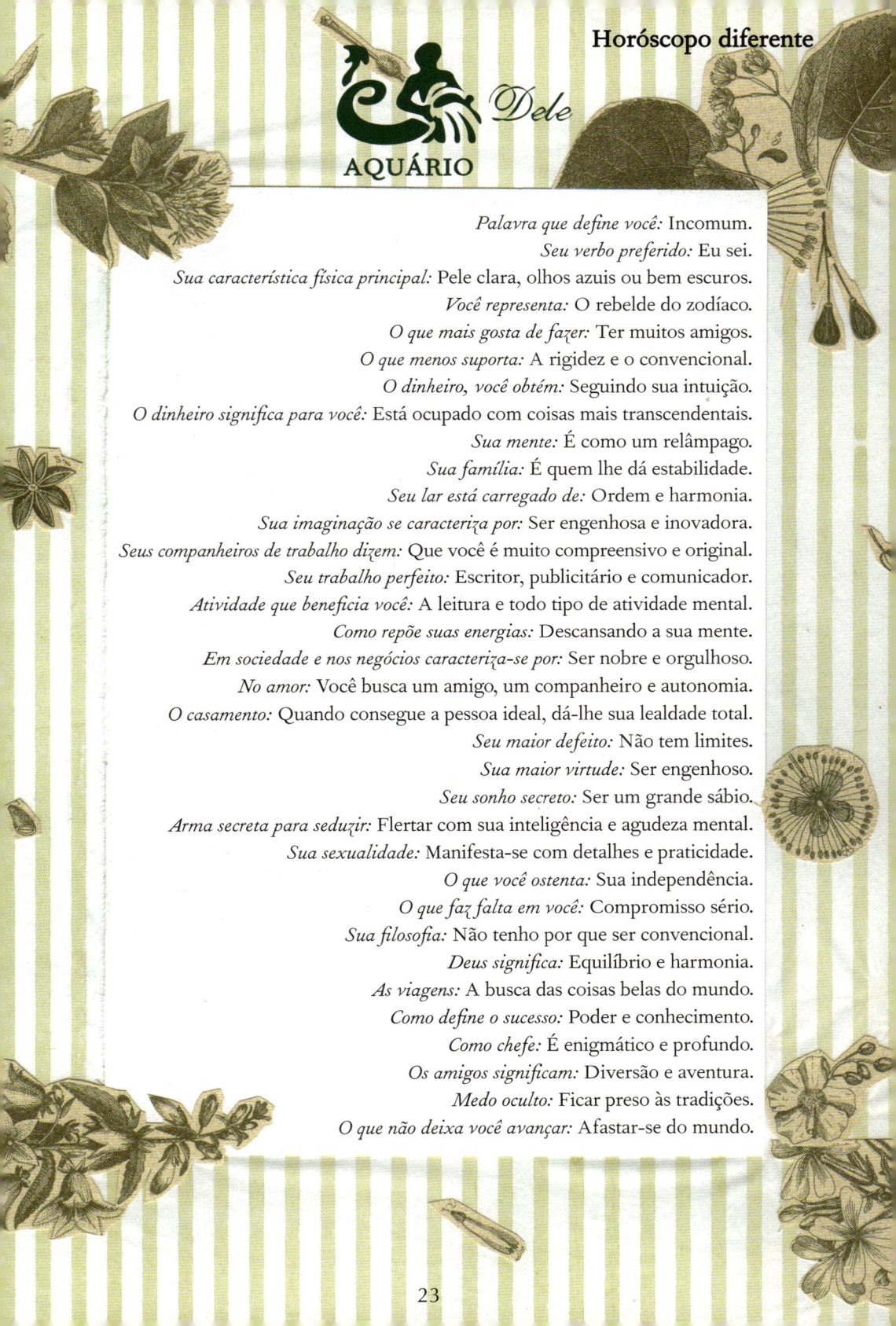

AQUÁRIO *Dele*

Palavra que define você: Incomum.
Seu verbo preferido: Eu sei.
Sua característica física principal: Pele clara, olhos azuis ou bem escuros.
Você representa: O rebelde do zodíaco.
O que mais gosta de fazer: Ter muitos amigos.
O que menos suporta: A rigidez e o convencional.
O dinheiro, você obtém: Seguindo sua intuição.
O dinheiro significa para você: Está ocupado com coisas mais transcendentais.
Sua mente: É como um relâmpago.
Sua família: É quem lhe dá estabilidade.
Seu lar está carregado de: Ordem e harmonia.
Sua imaginação se caracteriza por: Ser engenhosa e inovadora.
Seus companheiros de trabalho dizem: Que você é muito compreensivo e original.
Seu trabalho perfeito: Escritor, publicitário e comunicador.
Atividade que beneficia você: A leitura e todo tipo de atividade mental.
Como repõe suas energias: Descansando a sua mente.
Em sociedade e nos negócios caracteriza-se por: Ser nobre e orgulhoso.
No amor: Você busca um amigo, um companheiro e autonomia.
O casamento: Quando consegue a pessoa ideal, dá-lhe sua lealdade total.
Seu maior defeito: Não tem limites.
Sua maior virtude: Ser engenhoso.
Seu sonho secreto: Ser um grande sábio.
Arma secreta para seduzir: Flertar com sua inteligência e agudeza mental.
Sua sexualidade: Manifesta-se com detalhes e praticidade.
O que você ostenta: Sua independência.
O que faz falta em você: Compromisso sério.
Sua filosofia: Não tenho por que ser convencional.
Deus significa: Equilíbrio e harmonia.
As viagens: A busca das coisas belas do mundo.
Como define o sucesso: Poder e conhecimento.
Como chefe: É enigmático e profundo.
Os amigos significam: Diversão e aventura.
Medo oculto: Ficar preso às tradições.
O que não deixa você avançar: Afastar-se do mundo.

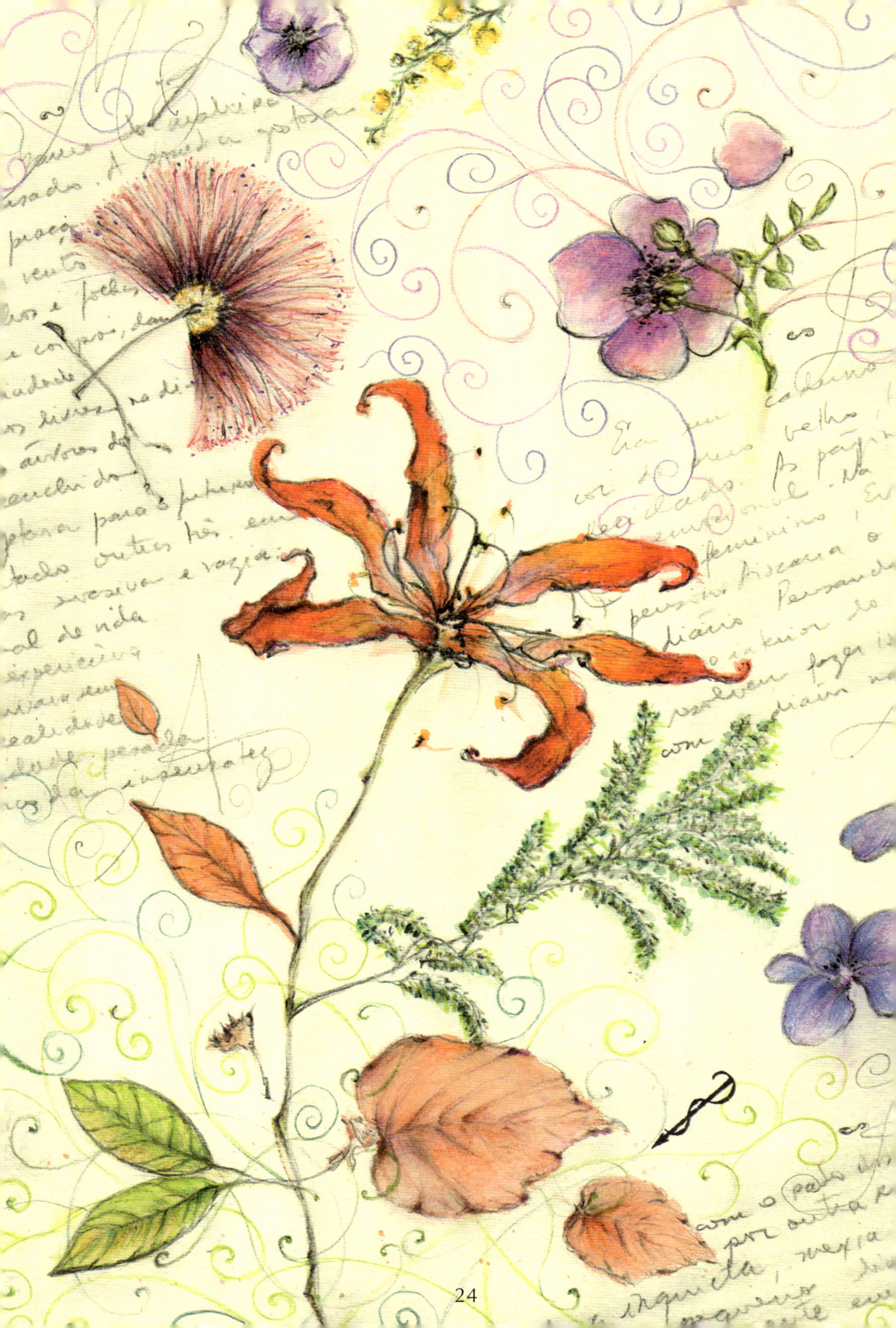

Ah! Ia-me esquecendo do recado que ele deixou no meu caderno de português. Veja você:

> Vi
>
> É claro que eu não escrevo este bilhete só para agradecer a você por ter me emprestado o caderno e assim colocar minha vida em dia.
>
> Como sei que você gosta, deixo este poema com o testemunho de que também guardei o nosso primeiro beijo como uma coisa muito legal na minha vida.
>
> Juliano

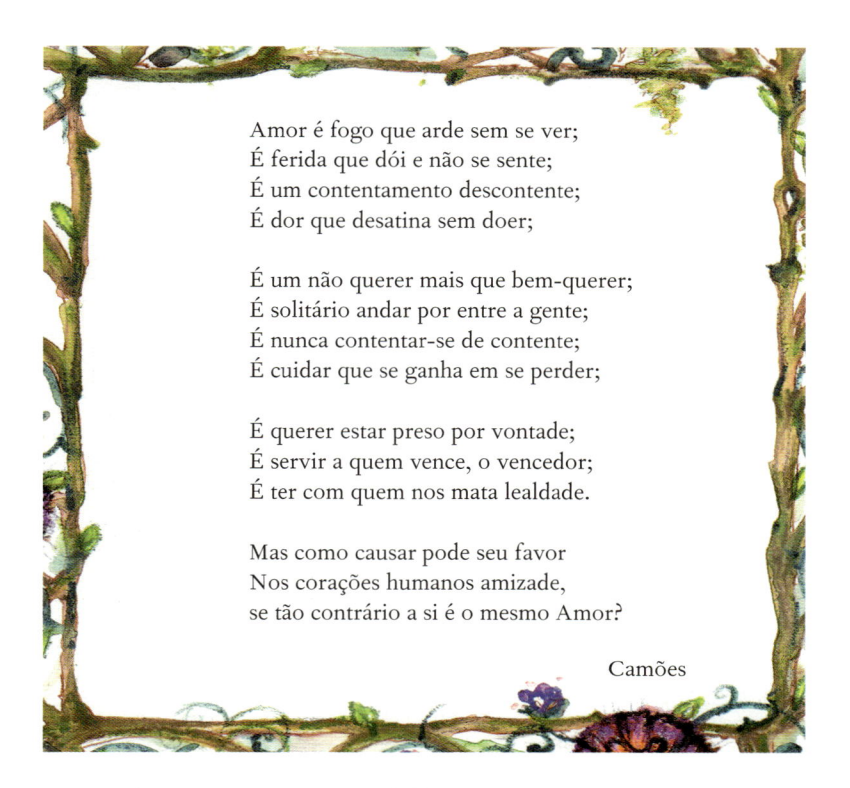

Amor é fogo que arde sem se ver;
É ferida que dói e não se sente;
É um contentamento descontente;
É dor que desatina sem doer;

É um não querer mais que bem-querer;
É solitário andar por entre a gente;
É nunca contentar-se de contente;
É cuidar que se ganha em se perder;

É querer estar preso por vontade;
É servir a quem vence, o vencedor;
É ter com quem nos mata lealdade.

Mas como causar pode seu favor
Nos corações humanos amizade,
se tão contrário a si é o mesmo Amor?

Camões

Isso é demais! Já é uma medalha de ouro!
Bom, hoje escrevi bastante. Estou cansada. Vou esperar o telefonema dele e depois só dormir e sonhar... Uau!

Convite

KOUSMICHOFF

Marli Janete, a inspetora de alunos, veio andando na direção da secretaria com um objeto na mão. Chamou a secretária e disse-lhe:

— Olha, aí, Cidinha, essa moçada tem a cabeça no mundo da lua, vai esquecendo tudo por onde passa. E olha que não é qualquer coisa, não. É um diário dos mais lindos, cheio de coisas bonitas, recortes, envelopes.

Cidinha levantou-se da cadeira onde estava sentada, à frente do computador, em seus afazeres escolares, e pegou o diário que Marli Janete lhe entregou.

— Parece coisa de uma vida inteira!

— Deve ser mesmo, pelo capricho. Alguém esqueceu isso na sala de aula ontem à noite. Deve vir desesperado ou desesperada atrás. Guarda aí com você, menina.

Cidinha voltou ao seu lugar de trabalho. Abriu curiosamente o diário e leu alguns relatos da narradora, contando passagens de sua história de amor. Cidinha encantou-se com os trechos escolhidos. Claro, só parava para ler quando as referências eram boas, gostosas, cheias de ternura. Pensou nela mesma, aos trinta e seis anos, dois grandes amores na vida, duas grandes desilusões, ambas terminadas do mesmo jeito, fins melancólicos de amores acabados, restos de sentimentos jogados atrás da porta, debaixo de tapetes. O primeiro, dos quinze aos vinte e quatro, promessa de casamento, noivado com anel e festa em família, depois a decepção do "não te amo mais". O segundo, dos vinte e seis aos vinte e oito, começou meio sem rumo, acertou-se e perdeu o rumo novamente. Ninguém em casa queria, ele era mais novo que ela, não tinha emprego definido e tinha um filho com outra moça. Depois desses dois tinha desistido. Sentia-se uma árvore grande, pronta para dar flores e frutos, mas a seiva não parecia correr em suas veias. Olhava as muitas meninas da escola que trocavam beijos e abraços, "fervorosos amassos", como dizia Silvinha, a orientadora educacional, com certa tristeza, inveja, jamais, sabendo que dificilmente teria outra oportunidade na vida. Ainda mais agora, já meio passada, meia-vida, um gosto amargo de desesperança no coração. Por isso ousou roubar alguns preciosos minutos do serviço escolar e folhear aquele diário. De certa forma, ver aqueles escritos e anotações encheu-lhe a alma de lembranças boas e pensamentos gostosos. E só parou mesmo de bisbilhotar os registros quando leu uma anotação feita à mão, sem data, que acabou por levá-la de volta à realidade.

O QUE EU NÃO GOSTO NAS LAMBISGOIAS

Elas sempre têm cara de quem nunca paga imposto.

Não gosto do jeito delas de olhar para os namorados da gente como que querendo furar fila.

Elas falam errado, não percebem e quando são cobradas disso dizem que é charme.

Estão sempre com o perfume do dia anterior.

Todas as lambisgoias de verdade, as autênticas, acham que o seu peido nunca fede.

Elas vivem sem namorado porque estão sempre de olho no namorado da outra.

O namorado da próxima está sempre muito próximo delas.

Lambisgoia que se preza não se acha lambisgoia.

Se o mundo acabasse hoje, não se perderia muita coisa

De Nelson Rodrigues, a frase registrava "Se o mundo acabasse hoje, não se perderia muita coisa". Cidinha achou que aquilo era um aviso para parar com a leitura e fechou o diário imediatamente. Pouco tempo depois o entregou ao professor José Joaquim, com a recomendação de procurar o dono ou dona do diário, ele que conhecia quase todas as meninas namoradoras da escola.

O professor José Joaquim recebeu o diário das mãos da Cidinha e brincou:

— Vou vender cara a devolução disso aqui.

Instintivamente, como convém a todo professor, movido pela curiosidade pôs-se a folhear o diário.

— Nossa... parece um amor pós-moderno, tudo fora do lugar, sem começo, meio e fim, fragmentos e fragmentos...

Distraiu-se um pouco mais numa das páginas, achando graça no conteúdo de uma dessas listas tipo "as dez coisas de que não gosto...", bem parecida com a cara da maioria das meninas, suas alunas.

... o amor é esse sentimento, esse algo sentido e não muito pensado, que expõe nossa fraqueza, nossa solidão, nosso destino de incompletos. Só assim o amor faz sentido, quando completa o que temos falta...

Mas o que fisgou mesmo o professor foi um pequeno texto tímido e escondido em uma das páginas. Depois de ler duas ou três vezes o que estava escrito no pequeno texto, José Joaquim ficou pensando no que seria o amor. Um sentimento de presença, de saudade, de insatisfação, de complemento, de vazio...? Assim, quase distraído, José Joaquim entrou na sala do terceiro B para a primeira aula de sua longa jornada de professor. O barulho e arruaça dos alunos o trouxeram de volta ao cotidiano massacrante de arrastadas aulas de história.

.../ *maio*

Olha o passarinho!!!

Veja como ficou maneiríssima essa foto. Estão todos da galera da Pedroso Rangel, a escola mais legal deste mundo. É o *birthday* do Riva, o garoto mais impossível do bairro, em seus plenos 17 anos. Em volta, nós. A Marcinha, que é toda informatizada, já clicou tudo e mandou cópia para todo mundo, interneticamente.

Mostrei as fotos para a minha avó. Embora ainda esteja com problema de visão, viu tudo direitinho, o Ju com um braço em torno de mim e com o outro abraçando os seus amigos. Perguntou quem eram os três garotos gritando juntos como campeões e com os olhos brilhando. Na verdade o Ju, o Riva e o Luan funcionam como os três mosqueteiros num clube do Bolinha. É só cumplicidade. Eles atacam simultaneamente, defendem-se no olhar e falam-se no silêncio. Têm um jogo de palavras que é só deles, que ninguém entende. Eles adoram ver as pessoas embasbacadas. Dizem que são amigos pra caramba. Pensando nisso, acho que os homens são um pouco mais solidários entre si do que nós, mulheres. Aposto que minha mãe falaria isso. Será? E eu falo que ainda bem que tenho a Marcinha. Somos íntimas em tudo. Até pra fazer xixi.

Essa a Marcinha mandou só para mim: o Ju e eu simplesmente juntos... Agora chega. Já é hora de dormir e sonhar.
Mais um beijo no Ju. Tchau!

... / junho

Veja que coisa mais linda!

É que num dia desses meu pai apareceu com um filhote de labrador, que ele ganhou do seu Miguel, o dono da padaria e que é seu compadre. É a coisa mais linda que já vi. Tem só cinco meses, com uma cor de chocolate e o focinho pretinho, pretinho. Logo me apaixonei por ele. Batizei-o de Ulisses. Quando minha mãe veio com aquele resmungo todo de que cachorro é bom e bonito, mas é uma judiação o coitado viver em apartamento, eu logo resolvi presentear o Ju com o Ulisses. Acho que ele vai gostar, além de que ele mora numa casa espaçosa, com um pequeno quintal. Ainda mais com a torcida de seus dois irmãos menores: a Sílvia e o Júnior. Não deu outra. O Ju e a família toda se amarraram no meu presente, mais valioso do que um troféu de olimpíadas... do amor. Quem não gostou nada foi meu pai, que em dois dias já tinha se apegado ao Ulisses. Mas ele entendeu que dessa forma resolveu os problemas técnicos e afetivos das suas duas mulheres...

He's Cute!

vi bobona
não pense que seu
imperador vai reinar
para sempre no teu
♥. gata!
te cuida
dias piores virão.

... / outubro

Descobri tudo.
Estou é muito triste... Mesmo. Completamente perdida.
Fiquei no celular até quase três horas da manhã sem beber, sem comer nem dormir. Minha mãe fica batendo na porta. Nem falei pra ninguém da carta anônima que caiu no meu estômago como uma bomba de camicase. Quase vomitei ali mesmo em plena classe quando dei conta do bilhete malfadado enfiado num vão da minha mochila. Com cara de assustada a Marcinha me ajudou a sair da sala disfarçadamente. No banheiro relemos a carta maldita. Ela ficou com pena de mim e disse que aquilo era coisa de gente má e invejosa. Aconselhou-me a ficar calma. Fingir que tudo estava bem. Logo me deu boas gotas para aplacar a cólica que se instalou repentinamente em minha alma ingênua e burra. Não tive coragem nem de falar com minha avó, que foi operada na semana passada e está se recuperando, ainda com tampão no olho. Me fechei no quarto e inteira. Não me contive e acabei ligando para ele e falei um monte de coisas sem mencionar a maldita. Que difícil! Ele veio com o papo de sempre – que eu não estava bem, que não havia nada, que era coisa da minha cabeça, que amizade é amizade e que amor é amor, que ele gostava muito de mim, não daquele jeito, que era só dar uns dias e toda a minha insegurança iria passar... Blá... blá... blá...

Fiquei dois dias sofrendo como um cão sem dono. Minha mãe jura que vai me levar ao médico. Meu pai fica me trazendo coisas, bombons, revistas. Minha avó diz que tudo isso faz parte da vida das pessoas. Tem coisa pior? É tudo forma de aprender a viver... melhor. E eu sofro e choro. Ela me abraça, me deita no seu colo e nada passa.

Hoje de manhã não me contive. Mostrei pra ele a tal da carta. Não aguentei. Ele ficou quase verde. De raiva, de ódio, de vergonha! Pelo seu olhar oblíquo, meio no chão, meio no céu, tive a prova que eu não tinha até então: o Ju ficou com outra. E pior, mentiu.

Então a carta dizia a verdade.

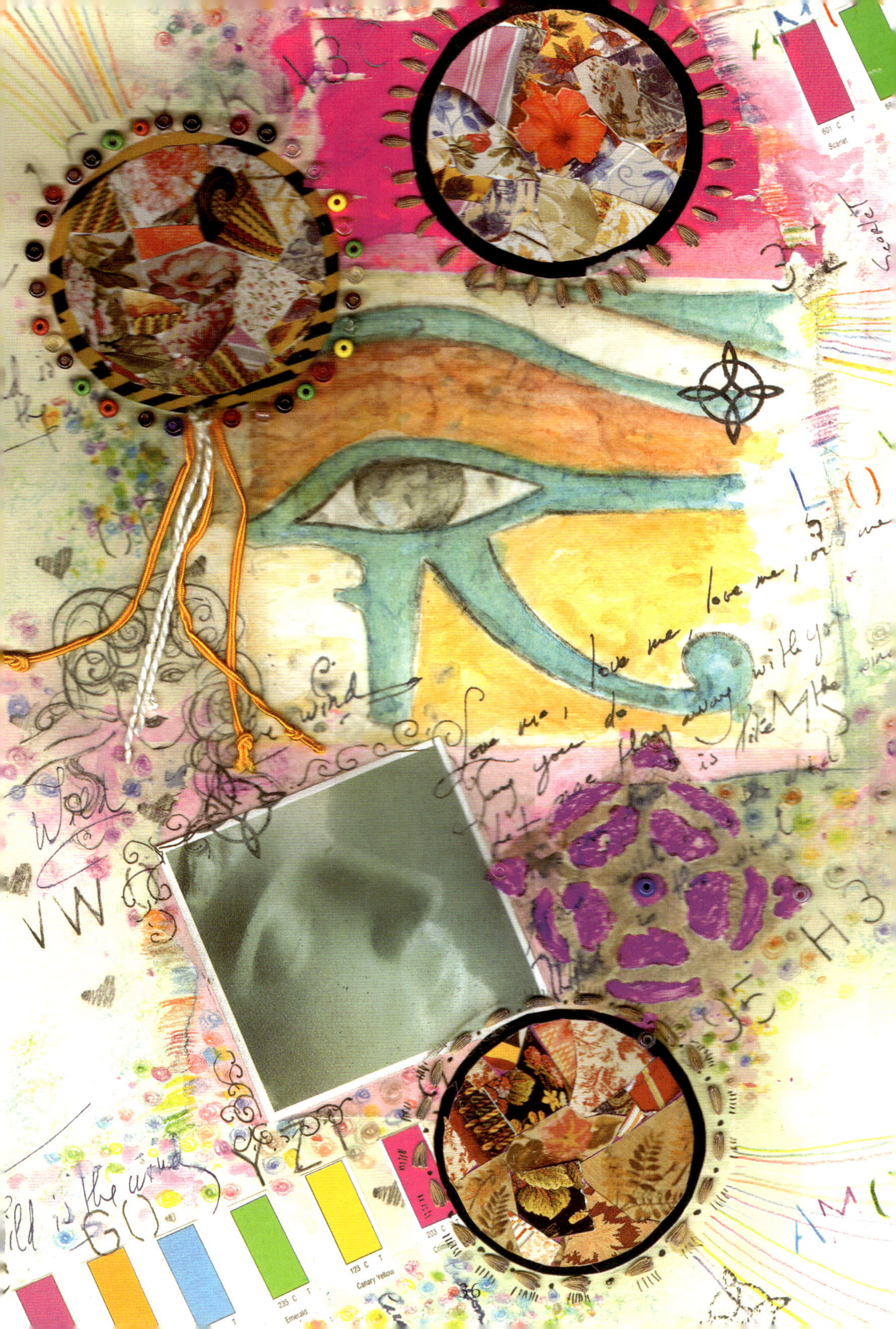
601 C T
Scarlet
love me, love me
wild is the wind
235 C T
Emerald
123 C T
Canary Yellow

.../ outubro

A Marcinha me ajudou a descobrir. Pegou um pouco da Si, um pouco do Riva e muito do Luan, que é bem caidinho por ela. O fato é que o sem-vergonha do Ju ficou com uma garota lá em Bertioga, durante aquelas suas idas e vindas da casa do pai do Riva. Para o bem da verdade é tudo safadice! O cara ficou com uma prima do Riva, uma falsa Madona do litoral, quase uma coroa... E agora fica bancando a vítima das mulheres mais experientes...

Ele, o descarado, o desmascarado tentou me explicar tudo... Mas não explicou é nada. E tem o que explicar? É difícil olhar na cara dele, quanto mais acreditar no outro lado da moeda. Mais ainda é difícil relevar, perdoar... Vou deixar rolar e tentar não sofrer tanto assim... É que fica martelando em minha cabeça a frase maldita, a justificativa fatal para a sua calhordice: "Você não vai além do ficar... Eu sou homem, como é que eu fico? Foram só uns amassos bem dados e pronto. Eu não procurei. Estava lá para ajudar o Riva e o seu pai... Aconteceu..."

Quer dizer que eu tenho de ir mais além... transar pra valer? E onde fica meu tempo, minha vontade, meu desejo, meu respeito comigo mesma? Amor é isso? Qual é a cor do amor?

.../novembro

Ultimamente ando estranha, ou melhor, estranhando os outros e quase tudo. Ando meio esquecida, abobada, quase aflita. Tudo me comove demais... Estou à flor da pele. Parece que há uma pilha dentro de mim que falha sempre que tenho de iluminar algo. Estou quase sempre tateando, buscando, desvendando uma espécie de arca perdida, a qual nunca encontro. Por que antes eu estava bem e agora estou nessa maré de agonia? Será que o meu Indiana Jones não está dando conta do meu recado? Não consigo entender essa parte esquisita do amor. Suspeitando até da sombra. Cruzes, meu... Um dia desses eu me peguei num estado absurdo de divagação, olhando para o nada, o que é uma pitada do estado emocional pelo qual estou passando. Vou contar melhor. É que a professora Maria Alice andou dando uns trabalhos em grupo e ministrando umas aulas que por uns tempos pensei que ela havia preparado especialmente para mim. Digo, para a minha situação amorosa. Primeiro ela me chama num canto e pergunta delicadamente se tudo ia bem, que me tem sentido abatida etc. e tal... Dei a entender a ela que não era nada, queria ficar na minha. É claro que também foi um jeito de dizer pra ela ficar na dela. Educadamente. Afinal ela tem muitas coisas para se preocupar e fazer para nós, alunos... Depois ela pediu para lermos o romance de Machado de Assis, o *Dom Casmurro*. No começo achei difícil, complicado e meio chato. Depois com as aulas da dona Maria Alice fui achando mais interessante. E digo mais: achei que ela havia preparado as aulas para me ajudar a compreender melhor o que estava vivendo com o Ju. Acho que a literatura e a vida têm tudo a ver. Pra encurtar o assunto, ficamos uma semana ou mais discutindo a história de amor do livro. Verificamos os vários pontos de vista acerca da Capitu, a personagem principal do romance, casada com o Bentinho, que conta a suposta traição da sua mulher com o seu amigo, o Escobar. Discutimos muito e a classe acabou empatada na hipótese de ela ter ou não ter traído o marido. Eu estou até agora sob o efeito Bentinho. Só que eu, a meu modo, escrevo minhas memórias precoces e antecipadas... Os famosos olhos de ressaca eu via a todo o momento no meu Capitu da vida, o Ju. E ainda por cima dona Maria Alice trouxe uma poesia do Carlos Drummond de Andrade,

"João amava Teresa que amava Raimundo que amava Maria que amava Joaquim que amava Lili que não amava ninguém"

"Ai, a primeira festa, a primeira festa, o primeiro amor"...

"Quadrilha", que fala desse jogo de gostar e não ser gostado, cadeia essa que parece ser normal na vida das pessoas que se entregam ao ato de amar. Com muito esforço participei desse trabalho. O meu grupo era só de meninas: as bambambãs. Nós brigamos muito, mas fomos pelo caminho de que a Capitu traiu, sim. O que é uma longa e outra história. Mas a dona Maria Alice adorou mesmo quando apresentamos uma música do tempo dela, *Flor da Idade*, do Chico Buarque, que fala desses problemas de amores. E como se não bastasse tudo isso, o professor de matemática, o seu Ângelo, também veio com uma explicação sobre triângulos. Entre os isósceles, os escalenos e os equiláteros estou eu na matemática da vida me sentindo num desses vértices do triângulo do amor. Vê se pode!...

Vi

O pai do Riva teve mesmo uns problemas sérios de saúde, sim. Quase teve que amputar uma perna. O Ju, habilitado no volante e o Riva, seu quase irmão, deram a maior força pro cara que se safou dessa e já passa bem.

Agora o outro lance: a garota é prima do Riva, sim. Ela é loura, oxigenada, é claro. Tem 23 anos, imagine. O nome dela é Mônica Angélica, imagine mais... Tem fama de gostosona do pedaço. O Ju ficou com ela dois dias – um, na praia, e outro, numa balada noturna. É isso. E não se estresse.

Beijinho
Márcia "Holmes"

Vi,

Com estas flores vai o meu pedido de desculpas. Sei que errei. O que aconteceu foi uma bobagem passageira. Fique sabendo que o meu coração é só seu. Acredite em mim. E não fique dando tanto ouvido aos seus amigos que não são tão amigos assim.

Um beijo
Juliano

Tatolino estranhou um pouco a aula do Zé Joaquim. O mestre parecia não estar no melhor dos seus dias, avoado, indeciso, os olhos perdidos em algum lugar, sem a vibração de sempre, sem o prazer que ele sempre demonstrava quando discutia textos com os alunos. Assim que o sinal estridente anunciou o final da aula, Zé Joaquim arrebanhou seus livros e cadernos, com certa pressa impaciente, e saiu da classe. Alguns instantes depois, Tatolino viu que o mestre havia esquecido um volume sobre a mesa. Antes que algum aventureiro lançasse mão, ele o pegou e saiu corredor afora em busca do professor para entregar-lhe o objeto. O professor desaparecera e Tatolino voltou para a sala, com o livro/caderno nas mãos, antes que a outra aula começasse. Uma leve curiosidade invadiu sua alma e fez com que ele folheasse o material, descobrindo

O AMOR É UMA EXPERIÊNCIA REVOLUCIONÁRIA QUE LIBERTA SUBITAMENTE OS AMANTES

Por que se fica apaixonado? Nada mais simples. Você se apaixona porque é jovem, porque envelhece, porque é velho, porque a primavera termina, porque o outono começa, porque tem demasiada energia, porque está cansado, porque está alegre, porque está entediado, porque alguém o ama... Tenho respostas em demasia: talvez a pergunta não seja tão simples, apesar de tudo...

O amor é um desafio e é como um desafio que os apaixonados preferem estar sós no mundo. O amor à primeira vista, o amor que liga dois seres é uma experiência revolucionária, que abole o direito dos outros, libera subitamente os amantes.

O amor não teria esta sombria violência se não fosse sempre para começar uma espécie de vingança.

O amor é desafio, liberação, vingança e conquista, que satisfaz uma necessidade ambígua, indefinida ou mesmo infinita. É uma força, um desabrochar, uma relação de si a si próprio.

Por que se fica apaixonado? Nada pode ser mais completo: porque é inverno e porque é verão; por excesso de trabalho; por excesso de lazer; por fraqueza; pela força; pelo gostar do perigo; pelo desespero; pela esperança; porque alguém não o ama; porque alguém o ama.

Simone de Beauvoir

então que era uma espécie de diário, com anotações pessoais, recortes de jornais, revistas, poemas. Tatolino viajou em seus sentimentos. Cruzou as coisas do seu trabalho, uma estafante jornada de *telemarketing* e uma não menos estafante jornada nas coisas do amor. Passava o dia tentando convencer pessoas que não conhecia a comprar serviços que ele também não conhecia. Era um universo fantástico de encheção de saco. Desde os escabrosamente mal-educados, que batiam o telefone ao primeiro sinal de oferta, até os que não tinham ninguém para conversar e atender telefonemas era a supremacia do prazer. Os primeiros eram rápidos no gatilho e esses últimos lembravam uma cola pegajosa, de liga grudenta e forte, e eram tão insuportáveis quanto aqueles. Depois vinha a jornada de casa, pouco antes do início das aulas. Encontrava-se com Mariana no meio do caminho e iam juntos para a escola. Isso durava dez minutos, quase todos os dias, nos últimos três meses. Mariana era aluna nova e vizinha sua. Aos poucos, Tatolino fora-se ligando nela e uma força incontrolável ia amontoando dentro dele uma penca de sentimentos novos. Era a primeira vez que ele sentia isso por alguém. Quando estava perto dela, o resto não existia, seu coração batia num outro ritmo, perto da boca, descompassado. Quando falava com ela, era só a voz dela que interessava, somente suas opiniões, apenas os sons gostosos que brotavam de sua boca. Quando ela o olhava, ele ficava cego, nada mais via, nada mais ocupava seu campo de visão. E, quando estava longe dela, os minutos eram horas insuportáveis, a distância era o infinito, o silêncio era o sofrimento maior. Por ela, Tatolino desconfiava que viraria o mundo de ponta-cabeça, jogaria tudo o que fosse preciso para o alto, começaria qualquer caminhada, diria qualquer palavra, faria qualquer lição. Tatolino desconfiava que estava apaixonado por Mariana. Tanto desconfiou que um dia, certo disso, sentindo-se capaz de qualquer coisa para tê-la como sua amada, preparou um pequeno discurso e declarou-se. Mariana ouviu com os olhos de sempre, com a tranquilidade de sempre e com o jeito de sempre. Respondeu-lhe, com a calma que parece só ser possível para as mulheres, que gostava muito dele como amigo. Amigo... amigo... amigo... amigo. A força que antes poderia fazê-lo empurrar o mundo, agora o prendia ao chão, imobilizando suas vontades, salgando seu sabor de descobrir a vida. A professora de matemática entrou na classe e já foi direto ao quadro-negro – agora verde-desbotado – e retomou uma complicada equação da aula anterior. Tatolino sentiu-se por um instante aliviado. As complicações da complexa sentença matemática eram infinitamente mais tranquilas e mais palatáveis do que as complicações das amorosidades não resolvidas.

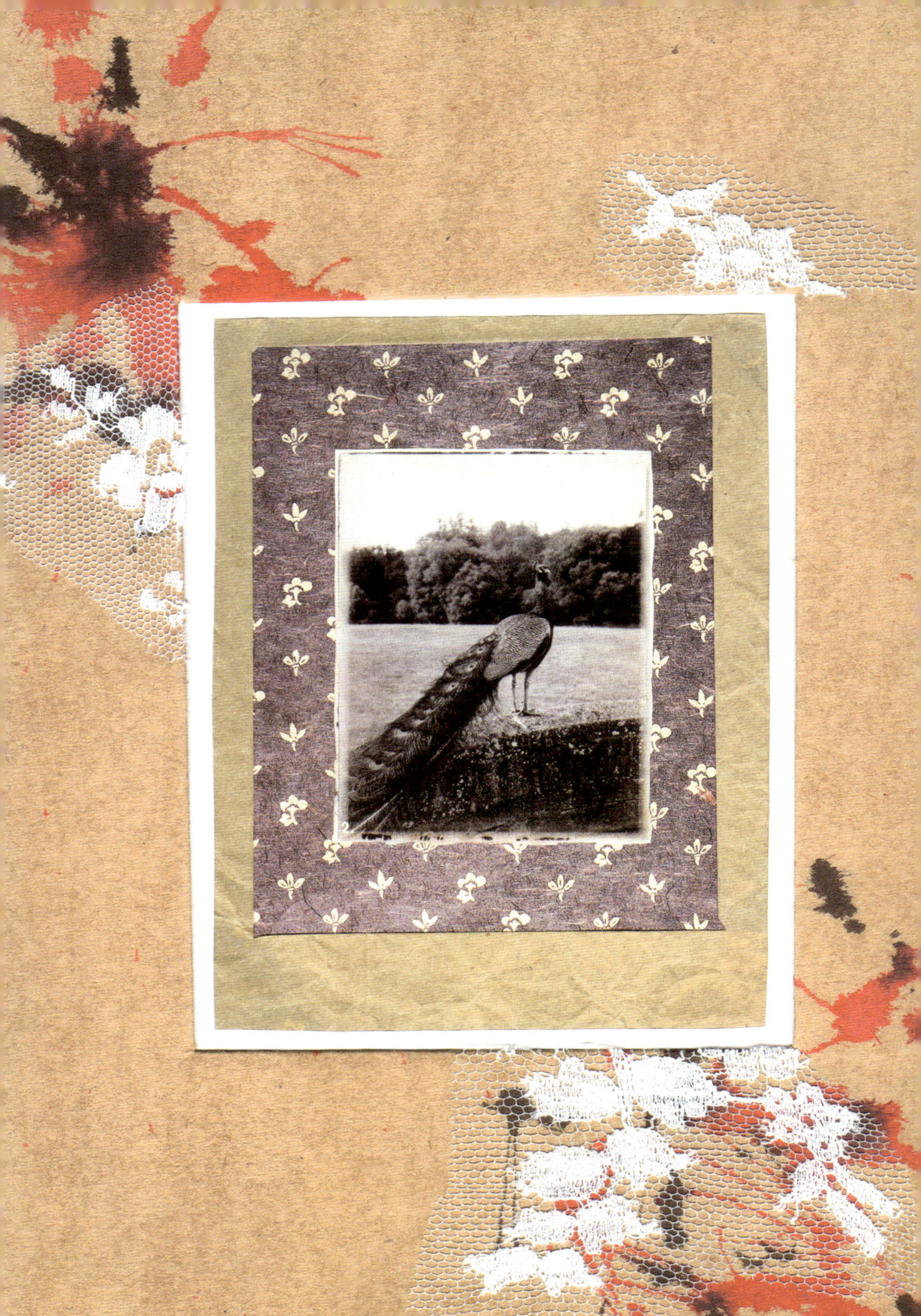

.../novembro

Aí começou minha via-crúcis. Fui de mim mesma uma Maria Madalena arrependida ou uma Verônica que enxuga suas próprias dores de amores... Caí várias vezes em pensamentos e sentimentos ambíguos, levantei e me neguei mais de cem vezes... Senti em Ju um tipo de Judas que não tinha visto ainda, com seu beijo incandescente e arrebatador. Algoz de mim mesma, não consigo discernir o que é céu, o que é inferno; o que é certo, o que é errado; o que é bom, o que é mau. Fico tentando encontrar uma saída para tudo isso. Não me gosto assim. Não me sinto bem. Que é além do ciúme, do estar apaixonada. É perder o chão. Ou seja, perder a total confiança no meu amor. Quero ficar leve, livre. Como eu era. Com amor, de preferência. Nos falamos várias vezes sobre tudo. Ele se mantém na mesma posição. Acha que tudo é passado. Bola pra frente, bobagem, ele diz. Mas eu não acho que é assim. Ele já é outro e eu sou outra. Onde iremos nos encontrar?

Chorei muito por estes dias. Choro ainda quando escuto uma música legal, quando uma cena da novela se parece com a gente ou quando o vejo na minha frente, quase distante, com aquele olhar de peixe morto lindo me dizendo sem dizer que eu sou ainda uma garota insegura ou careta. E que gosta de mim. A cauda do pavão parece incendiar a classe e o meu mundo de sonho vai pros ares. Às vezes eu acho que sou exigente demais, controladora e tola. Mas concluo que não. É só olhar pra dentro de mim mesma e ver que não é nada disso. Eu sou assim, sinto assim e sei que assim é que quero. O problema é que por mais que eu me esforce não consigo aceitar esse comportamento do Ju de ficar enrolando todo mundo, inclusive eu. Toda a família, quando me encontra, diz palavras que vangloriam imensamente o Ju e me deixam em segundo plano, como apêndice dele. Que ódio! Amor é isso? O que eles querem para seu filho, para seu irmão? Depois que passam esses acontecimentos e vejo ele ao meu lado olhando a chuva ou andando sacolejante em minha direção fico com um pouco de raiva e admiração por ele estar sempre na dele, firme e forte.

"Julieta – Como pudeste vir até aqui.
E o que vieste fazer?
Romeu – Foi o amor que me deu
suas asas ligeiras!"

"Julieta – Quem foi que te ensinou
vir a este lugar?
Romeu – O amor, que
primeiro a me incitou
procurar."

... / novembro

Fui ao médico ontem. Aliás, minha mãe me arrastou até ele. Conclusão: maior estresse, quase anemia profunda, um pouco de deprê, como diz a Marcinha. Minha avó fala, quando eu consigo ouvir, que o meu amado ainda não se tornou um homem de verdade. Disse que essa pose toda dele também é insegurança. Diferente da minha, mas é insegurança da pura. Como uma passagem, uma experiência de ser homem. Inteiro. Fiquei um bom tempo com ela hoje. Funcionou como uma terapia e tanto. Preciso procurar melhor o lado amigo na minha mãe, assim como tenho com minha querida avó Soraya. É que ela me contou várias histórias de amor. Desde a trágica história de Romeu e Julieta até a sua própria. Disse-me em tom e sabor de confessionário que ela se casou com meu avô Francisco, muito mais por ele ser um homem de bem na vida, íntegro e respeitoso, do que por provocar tremores, suspiros e calafrios. Disse que até hoje se lembra de um tal de Juca mascate, um bonitão que passava de casa em casa vendendo tecidos finos e joias e distribuindo olhares indiscretos e sedutores para a minha avó, uma mocinha bonita, prendada, tímida, mas muito da esperta. Jurou pra mim que foi por um triz que não acabou fugindo com o Juca. Por um triz é modo de dizer. Foi por causa do que havia acontecido com sua amiga de escola, a Laura. Filha caçula de uma família italiana, de posses, a garota foi logo se apaixonar perdidamente por um artista de circo que passava pela cidade. Entre encontros escondidos e beijos roubados acabou indo embora com o circo. Ou melhor, com o palhaço Bira-Bira. O que aconteceu foi que toda a família, até o cachorro, não aprovou o namoro. Aliás, abominou. Praticamente foi excomungada da família. Renegada, deserdada, morta-viva. Sem ter mais notícias da amiga e vendo o luto eterno dos pais e irmãos da amiga, não teve coragem de fazer o mesmo com seu mascate. Bem que vontade e tentação não faltaram...

28 7 South West Village, NY

Meu amor é assim, sem nenhum pudor

... / novembro

Outra dúvida que martela na minha cabeça até agora é se eu devo (ou devia) avançar mais e seguir o movimento do meu desejo, que é quase incontrolável, o de me entregar de corpo e alma para o Ju. Ou melhor, para o amor que nós sentimos (ou sentíamos). Vontade de transar com o Ju é que nunca faltou. Mas e a responsabilidade comigo mesma, como fica? Tem de ser assim, hoje, agora? Penso na minha avó e na amiga dela. Quem foi feliz como merece? Que coisa difícil... Quantas histórias em torno disso. Ontem a Marcinha fez uma enquete no seu caderno indiscreto entre as meninas do colégio para saber como anda essa história de transar ou não. A coisa ficou meio esquisita. Umas acham que o lance para nós, garotas, é ficar com garotos legais, de cabeça boa e bonitos, é claro, e beijar até não aguentar mais. Transar mesmo, fazer sexo completinho é pra depois, quando tivermos mais maturidade ou sabedoria de vida e tivermos certeza de ter encontrado nosso parceiro, nosso companheiro, nosso amor de verdade. Outras acham que quando pinta o amor vale tudo. Mesmo. Aqui e agora. Faz parte das experiências da vida. Se para o homem pode, para a mulher também pode. Por que ser diferente? Inclusive transar, com responsabilidade, camisinha e tudo o mais para termos um sexo seguro e saudável, já que existem tantas consequências depois de uma noite de amor. Outras acham que é muito cedo para estas coisas e se nós, mulheres, formos com muita sede ao pote, vamos acabar morrendo de sede. Temos de nos guardar para o dia do nosso sonho feliz. E tem aquelas que não estão nem aí... galinhar e galinhar é o que vale. Meus Deus, com essa minha cabeça, se eu fosse depender dessa pesquisa estaria mais perdida ainda...

Aprendizado

Do mesmo modo que te abriste à alegria
Abre-te agora ao sofrimento
Que é fruto dela
E seu avesso ardente.

Do mesmo modo
Que da alegria foste
Ao fundo
E te perdeste nela
E te achaste
Nessa perda
Deixa que a dor se exerça agora
Sem mentiras
Nem desculpas
E em tua carne vaporize
Toda ilusão

Que a vida só consome
O que a alimenta.

Ferreira Gullar

... / dezembro

  Hoje teve mais um ensaio da nossa formatura. O Ju passou em casa e peguei uma carona com ele. Ficamos um bom tempo conversando sobre nós. Me entregou um envelope bonito com uma mensagem e uma caixinha com um coraçãozinho de cristal. Fiquei feliz e triste ao mesmo tempo. Coloquei o coração na minha corrente de ouro, junto com minha medalhinha e fomos para o ensaio.
  Sinto um cheiro de despedida dos amigos, da escola, dos professores. A festa vai ser linda, eu sei. Mas ela me joga na vida, para ir ao encontro do meu destino. Um lugar da vida bom e bonito a que se quer chegar, que se quer conquistar. Não sei se o Ju vai estar comigo nessa. Estamos bem, meio mornos um com o outro. Ele diz que nada mudou. Que gosta de mim do mesmo jeito de sempre. Mas eu sinto que sim. É uma pena. Mas mudou. O tempo desenha com lembranças simples tudo o que teríamos de reviver ou dizer em mil palavras...
  Já comprei meu vestido para a festa. É lindo. Branquinho, com detalhes em flores multicoloridas, bem suaves. Já estou escrevendo o discurso, pois fui escolhida a oradora da turma. Isso foi de tanto a professora Maria Alice dizer que sou boa para escrever. Nem tanto. E ela é boa para amar os seus alunos. Não é à toa que foi escolhida nossa paraninfa. Será que vou ficar nervosa? Acho que vou é chorar muito. Por conta de tudo isso que escrevi neste diarinho metido a inteligente...

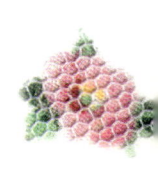

Celina ardeu de curiosidade por uns bons tempos, enquanto o caderno/agenda circulava de mão em mão entre seus colegas do banco onde ela trabalha religiosamente de segunda a sexta, contribuindo para o enriquecimento de mais um banqueiro. Celina acompanhava as múltiplas expressões que seus colegas iam deixando escapar ou colocando para fora, sem maiores preocupações: risos desbotados, alegria sincera, incômodo, pequenas doses de tristeza escondida ou simplesmente alienação diante do que liam. Um lia com sofreguidão, outro liberava ternura, outro fazia de conta que não era com ele ou com ela. Um apertou o caderno/agenda no peito e suspirou com profunda ternura, como se tivesse descoberto o maior tesouro da vida. Celina acompanhava tudo, corroída pela curiosidade. Finalmente chegou sua vez: o caderno/agenda foi esquecido, sem propósito do esquecimento, mas simplesmente por desinteresse mesmo, num balcão no fundo de uma sala, junto com algumas pilhas de papéis. Celina, quando seu dia chegou, aproximou-se do objeto de desejo, agora esquecido, e meteu-o dentro de sua carcomida bolsa de lona, junto com tantas outras quinquilharias. Enfim, era seu, só seu. Ela nem sabia por que tanto querer, tanto esperar, tanto pensar. Talvez, dessas coisas que o destino reserva para poucos, ali pudesse estar um fino prazer à sua espera.

Em casa, à noite, Celina não quis sair, não quis ver televisão, não quis conversa. Mal comeu, o gosto maior esperava por ela na intimidade do quarto. Tomou em suas mãos aquela pequena arca de um tesouro possível e pôs-se a observá-lo, acariciar-lhe as folhas coloridas e cheias de anotações, recortes, postais, poemas... Nas muitas horas que passou, naquela noite, saboreando tudo o que estava ali registrado, Celina ficou pensando no tamanho dos amores que as pessoas têm ou podem ter ou têm e deixam escapar, ou não percebem que têm. O que levaria alguém a mandar um postal para outra e escrever-lhe que, mesmo diante e dentro de tantas belezas naturais, nada tinha sentido sem a presença da pessoa querida? O que levaria alguém a escrever num outro postal que faltava a beleza maior naquela pintura da natureza, a pessoa amada? Que tamanho teria esse sentimento? Celina refletia sobre si mesma, enquanto lia coisas de vidas alheias. Ela estava disponível para o amor. Não que estivesse sozinha, ou talvez estivesse. Marcelinho tinha entrado em sua vida feito um vulcão, arregaçando tudo o que tinha pela frente, com promessa de amor eterno, para sempre. Vinha cumprindo o que prometera, mas ela... o furacão havia perdido força, o vulcão perdia intensidade, o calor esfriava, os prazeres decantavam.

Celina media tudo isso pelo gosto e pelo prazer dos beijos. Dos beijos arrebatadores de antes, festival intenso de danças acrobáticas de língua, lábios e bocas, sobravam declarações de boas intenções. O vulcão havia-se transformado em uma pálida e morna erupção. Celina buscava entender o caminho dessa relação, que de certa forma satisfazia Marcelinho, mas que deixava dentro dela um vazio de disponibilidade, uma busca por novos caminhos, por outro amor. Teria sentido tudo isso? E quanto mais lia, mais ela se enrolava na indecisão das coisas inacabadas, mortas e não sepultadas, mais Celina sabia que havia um buraco grande dentro dela, não satisfeito por Marcelinho, que chamava por outra pessoa. Alguém que escrevesse num postal ter encontrado uma beleza nova no lugar de sempre, alguém que soubesse cheirar novos perfumes nos cheiros de sempre, alguém que soubesse descobrir novas ternuras nos carinhos de sempre. Celina sonhava? Celina buscava algo inexistente? Mas e aquele diário que incandescia sua alma e lhe lembrava insistentemente que ela estava disponível para o amor, mesmo parecendo a todos que amava o Marcelinho? O que fazer com essas instâncias da vida prática que não respondem aos desejos da vida desejada e sonhada? Ah! Celina... alguém de casa tirou-a do impasse, chamando-a para atender o telefone. Era Marcelinho avisando-a que passaria em sua casa logo mais para vê-la. Celina inventou depressa que não, que estava cansada, enjoada, com problemas, tinha serviço para fazer. Ele aceitou a desculpa, sem desconfiança. Confiava nela, a confiança dos amores morridos. Celina queria mais da agenda/diário. Queria compor com aqueles fragmentos um mosaico de sua vida, um sentido para a pergunta que se fazia com insistência. E precisava de tempo. Marcelinho podia esperar. Até porque ela precisaria mesmo de tempo, muito tempo, para entender sua disponibilidade para outro amor.

GALERIA DE BEIJOS

Beijo Italiano
É o famoso beijo de língua. Antigamente era o homem quem introduzia a língua na boca da mulher. Hoje as coisas mudaram e os dois podem revezar-se.

Beijo Doce
Namoradinhos umedecem os lábios e a língua com mel e brincam de abelha.

Beijo Sueco
É o beijo italiano. O componente extra, aqui, é o amor sublime que torna o beijo perfeito, sem falta ou excesso de saliva.

Beijo Sangria
Este beijo ativa os pontos do prazer e avivam a cor da pele dos lábios. É uma chupada enérgica na boca.

Beijo Mordente
Dar mordidas leves nos lábios do(a) parceiro(a). Costume romano.

Beijo Experimental
Está entre os beijos do *Kama-Sutra*. A moça tampa os olhos do namorado e cola a boca em seu lábio superior, realizando com a língua movimentos giratórios.

BEIJO FORTE
Este beijo hindu exprime desejo intenso e urgência de sexo. É dado pelo homem. Começa nos seios, ancas e aí vai descendo, descendo.

Beijo Francês
Os amantes colam os lábios na bochecha um do outro e fazem um movimento circular com a língua.

... / *janeiro*

    Engraçado. Faz praticamente um mês que eu não vou à escola, encontro muito pouco a Marcinha e a turma toda. Estou nesse período meio bundão de férias, fico mais em casa fazendo aquelas tarefinhas domésticas insuportáveis, mexendo nas gavetas dos armários e vendo televisão. Adoro ler, mas não me tenho concentrado muito nessa viagem sem sair do lugar. Tenho ido ajudar meu pai na banca, mas não gosto muito, não. Não pensei que fosse tão chato. E o pior é que a Marcinha se mudou de bairro e aqui nesta cidade mudar de bairro é como mudar de país. Percebo que estou um pouco mais nervosa do que antes. Já sofri muito por causa do Ju. Fui até o fundo do poço. Até em cartomante eu fui. Veja só. Tenho me encontrado menos com ele. A vida da escola me obrigava a vê-lo todos os dias. Agora a coisa mudou de figura. Ele me diz que eu estou me afastando dele, que ele não gosta e não quer. Mas ele é que de vez em quando some e aí surge de repente com o maior sorriso do mundo. É claro que eu não gosto, mas fico quieta. O que fazer? Sinto que o famoso dar um tempo está chegando. Ultimamente tenho encontrado forças para começar a pensar no que vou fazer agora da minha vida, sozinha, quer dizer, sem contar com o Ju, principalmente no setor dos estudos, que é uma coisa que eu posso fazer de bom pra mim mesma. Sinto que se eu continuar com o Ju dessa forma, ele livre, leve e solto e eu presa ao meu sentimento por ele, pensando no que aconteceu e no que acontecerá, poderá ser ruim pra mim. Vou tentar ser um pouco mais egoísta e gostar um pouco mais de mim. É mais que certo que ele ainda ocupa um bom pedaço da minha vida e do meu coração. Mas vai melhorar. Espero. Vou lutar por isso. Cada vez que saio com ele procuro pensar que é a última vez. Curto muito. Beijo, abraço e *otras cositas más* e sempre acho que é a penúltima vez. Pareço um poço de incoerências sem-fim. Mas é assim que eu vou me acertando. O Ju diz que eu mudei bastante. Mas que continuo cada vez mais bonita...

.../ março

O que eu vou fazer da minha vida? Que profissão vou seguir? Não sei... Tenho pensado muito sobre isso, que é o que me resta. Pena que a escola não prepare a gente para seguir uma profissão. Nem ajuda. É agora que a coisa começa a se apertar. Já li um pouco sobre isso. Consultei vários *sites*. Mas é muito difícil decidir. O mundo é muito complicado, ainda mais para nós, adolescentes, os famosos aborrecentes, ironia na boca de adultos que vivem azucrinando a gente com sermões e mais sermões... que nunca levam a nada... Será que os adultos também se adulteram ao longo da vida? Se todo adulto já foi adolescente, como é que eles não entendem a gente e não facilitam a nossa vida? Dá pra entender? Ainda bem que encontramos pessoas bem legais na vida. Não tenho muito que me queixar dos meus pais, que fazem o que podem. Adorei ter tido alguns professores amigos, legais e inteligentes. E amigos irmãos de fé e camaradas, a minha *tchurma*... Sem dúvida o Ju ainda é importante na minha vida. Faz parte do sentimento mais profundo que a gente sente neste mundo: o amor.

A Marcinha me ligou hoje e me disse que vai prestar vestibular para uma faculdade de moda. Diz que é a sua praia. A minha ainda eu não sei. Mas tenho de descobrir. Logo. O tempo está se esgotando. Por enquanto acho que vou fazer algo em que eu possa lidar com pessoas. Mas é um campo imenso. Tenho de me decidir. Objetivamente. O Ju me disse que também tem esse problema. Conversou com os pais e resolveu que vai fazer cursinho para se preparar mais e dar tempo pra sua cabeça decidir por uma profissão maneira. Bem ele, né? E eu me pergunto se por um acaso ter profissão é ter emprego. Essa é a grande questão, não é mesmo?

... / *março*

Hoje tive um choque. O Ju me ligou supertriste. Marcamos um encontro. Ele me falou que iria se mudar para o interior. Como o pai dele é executivo de um banco desses importantões, recebeu uma proposta irrecusável e daí é o que vai acontecer. O destino prega sempre uma peça nova pra gente resolver e viver. Na hora em que ele me contava o que rolava ouvi tudo em silêncio. Meu coração até doía. Mas disse que ia ser bom para ele e que poderíamos nos falar por carta, celular, telefone, *e-mail*... Ele parecia até mais triste e preocupado do que eu esperava. Disse que iria perder tudo, os amigos, os passeios ao *shopping*, as idas para a praia e eu, o seu eterno e grande amor. Na próxima semana ele estará de malas prontas para Ribeirão. Vai se matricular no cursinho de lá. E vida nova e bola pra frente e tudo o mais que eu vou ter de superar.

Voltei pra casa feito uma barata tonta, bêbada e nocauteada. Fiquei horas pensando na nossa separação obrigatória. É difícil, mas tenho de aceitar.

Depois que a nossa conversa passou é que eu estou sentindo o baque dessa separação. E me pergunto se não será melhor assim. Na verdade não sei. Só saberemos mais tarde. É só deixar a vida passar, como diz minha avozinha. Chorei pra caramba abraçada no ursinho que ele trouxe para mim como presente de despedida. Botei o nome nele de Ulisses, como o labrador que eu dei pra ele. Só que o meu Ulisses está mais molhado de lágrimas... Ele me deu também um vidro de perfume que ele usa pra eu passar e sentir o cheiro dele. Me deu o seu anel de prata, uma porção de fotografias e uma carta. Essa é que me faz chorar a cada momento que a leio.

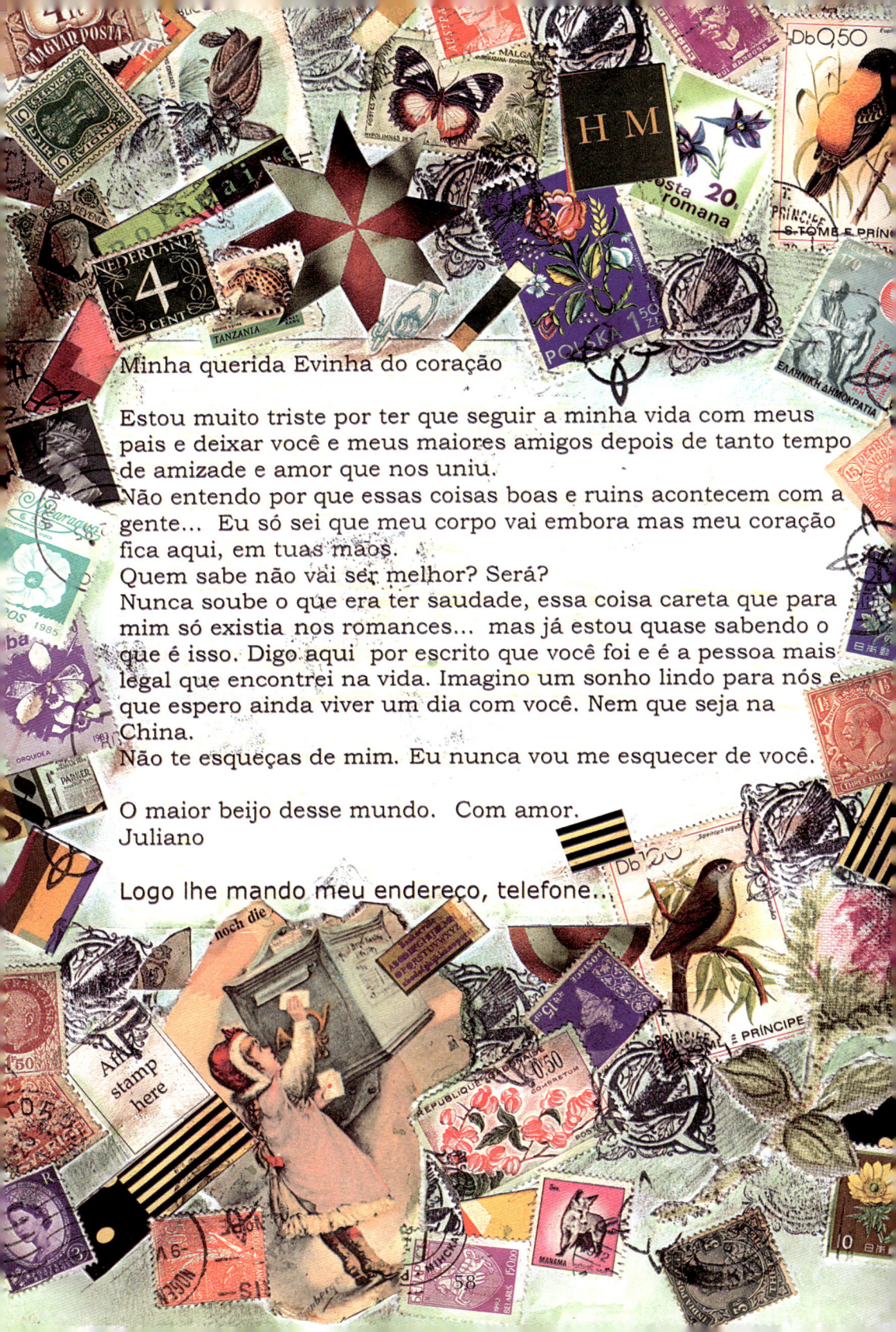

Minha querida Evinha do coração

Estou muito triste por ter que seguir a minha vida com meus pais e deixar você e meus maiores amigos depois de tanto tempo de amizade e amor que nos uniu.
Não entendo por que essas coisas boas e ruins acontecem com a gente... Eu só sei que meu corpo vai embora mas meu coração fica aqui, em tuas mãos.
Quem sabe não vai ser melhor? Será?
Nunca soube o que era ter saudade, essa coisa careta que para mim só existia nos romances... mas já estou quase sabendo o que é isso. Digo aqui por escrito que você foi e é a pessoa mais legal que encontrei na vida. Imagino um sonho lindo para nós e que espero ainda viver um dia com você. Nem que seja na China.
Não te esqueças de mim. Eu nunca vou me esquecer de você.

O maior beijo desse mundo. Com amor.
Juliano

Logo lhe mando meu endereço, telefone...

INDIA POSTAGE
REPUBLICA ARGENTINA
VIA AEREA
Your Personal Customer No
Edipo Rey
Brasil 2001
MILANO CENTRO
ITALIA
50F
REPUBLIQUE DU DAHOMEY
POSTES
Minha querida
CORREOS 1976
ROYAL MAIL
1
HQ 2506
Dept Code
Não existe o nº Indicado
Desconhecido
Não Procurado
Endereço Insuficiente
Rubrica do Carteiro
PAST TIMES
Postkarten,

Vi, minha querida

Tô sentindo falta de você pacas. Hoje mesmo vou ligar pra você pra saber como é que você está. Me aguarde. tem. Minha casa aqui é legal, bem grande, até piscina tem. Pena que você não esteja aqui para curtir o sol do interior comi é claro. Quem chegou, gostou e se esbaldou foi o Ulisses. Se perguntasse para ele se ele queria voltar, com certeza ele latiria que não. Eu diria que sim e imediatamente iria te encontrar na pracinha em frente a sua casa. Tudo aqui é muito diferente. Tenho saudade de muitas coisas daí e das coisas que fazíamos juntos. Fico pensando nos momentos em que ficamos juntos, sozinhos, sem pensar no mundo. Só em nós. Tomar sorvete também era bom.
Já estou indo no cursinho me preparando para o vestibular. É a única coisa que tenho feito, pode acreditar. Tá difícil de me enturmar aqui. Minha mãe fala que o começo é assim. Que eu vou me acostumar e que logo vou ter um bando de amigos. Não vou não.
Vi, queria muito que você estivesse aqui comigo. Sinto muito sua falta, da sua carinha linda e tudo o mais, que você sabe. Será que vamos nos ver logo? O que você acha? As vezes me passa pela cabeça que fiz você sofrer por alguns momentos. Mas não foi, foi tudo bobagem. Podes crer. O mais importante é que a gente se gosta. Vou pensar um jeito para a gente se ver. Tá difícil. Mas vou tentar.
Escrevo essa carta para você porque sei que você gosta. É mais o seu jeito. Você sabe que o meu é diferente. É mais olho no olho, no papo e no lance mesmo. Escreve uma para mim e me mande uma foto bem bonita para eu sonhar e sonhar. Na semana que vem vou ter um e-mail, um computador só para mim... É uma forma da gente se comunicar, não é? Pena que não seja ao vivo e em cores que é bem melhor. Tenho dito...

Mil beijos

Juliano, seu para sempre

Querida Vi

Como combinamos por telefone estou escrevendo uma carta pra você porque você gosta. Você sabe que eu prefiro falar do que escrever. Mas isso não diminui o meu carinho por você pelo contrário. Gosto muito de você. Muito mais do que você pensa. Sinto sua falta. Você está aqui dentro do meu coração e não há carta, telefonema, mensagem da Internet que vá mudar isso. Quem manda na gente é o nosso coração e a nossa cabeça.

Eu já estou quase me decidindo nos meus estudos qual rumo seguir. Logo, logo, lhe direi o que vou fazer da vida. Você já se decidiu? Tenho alguns amigos. De cursinho e de balada. As meninas aqui são diferentes. Ficam zoando e não têm a presença como as da nossa turma daí. Os amigos são poucos ainda. O Ulisses ainda é o meu companheirão pra toda hora. E conto com minha moto que o meu pai trocou com a minha promessa de eu ir bem no cursinho. Tenho me esforçado. Bastante.

Hoje meu pai veio com uma conversa atravessada aqui em casa. Nem ia te contar, mas vou. Parece que tem mudança novamente no pedaço e pra mais longe. Meu pai diz que é irrecusável. Minha mãe diz amém. A Si já está ficando de bico. Não quer largar os garotões sarados que estão pintando na sua horta. Eu estou como o Ulisses, latindo por todos os cantos mas ninguém me ouve. O jeito é virar cigano.

Dei uma lidinha no que escrevi pra caprichar no meu português que você é forte nisso – e em outras coisas – e acho que você não precisa se preocupar com as gatas daqui não. Estou me segurando. Espero que você esteja ainda me esperando, minha Julieta metropolitana. Um beijo escrito já que não tenho como dar ao vivo.

Juliano, o cigano do Brasil

Narciso, figlio della ninfa Liriope e del dio del fiume Cefiso, quando nacque, il veggente Tiresia...

...che vissuto fino a tarda età non conoscesse...perché... mai se stesso...

...si precisare che innamorato ...English... di Narciso... e quando...

...ebbe... anni a... alle spalle una... di amanti respinti... i sensi, perché era cap... geloso della... bellez...

Segurei minha curiosidade até quando consegui. Agora não consigo mais. O Beto, meu neto, saiu de casa e deixou essa agenda parecida com um caderno dando sopa e eu não resisti. Há dias que eu o via com ela, lendo, folheando, respirando fundo, rindo, apertando-a contra o peito. Fiquei com inveja. Como pode um livro, um caderno, uma agenda, sei lá, carregada apenas de palavras, despertar tanta emoção, tanta energia, tanto sentimento de posse? Fiquei com ciúmes também. O Beto não demonstra essa relação de extremo carinho com ninguém aqui de casa, a mãe, eu e a irmã. Ele é quieto, calado, silencioso. Entra, sai e anda pela casa como se fosse um gato, arredio, isento dos outros humanos vivos da casa. Vive consigo mesmo e só sabe dos outros mortais aqui de casa por razões do cotidiano prático da convivência necessária: recebe e dá recados, deixa parte do dinheiro das despesas, pergunta pelo serviço doméstico, pede alguma roupa limpa e passada para este ou aquele dia etc. Ele tem mais de vinte anos e nunca trouxe em casa amigos, colegas de trabalho ou namoradas. Esse capítulo é o mais estranho para nós. Quando ainda conseguíamos arrancar dele algumas respostas sobre esse assunto, as palavras eram as mais evasivas possíveis. Nunca disse nem sim nem não, nem nada ao contrário de uma ou outra coisa. Apenas não respondia. Acho que a mãe dele, a Maria Joana, Maria como eu e como a filha, desconfia que seu filho homem é homossexual e isto também a fez calada e triste. Eu por mim nem me ligo nisso. O corpo e a vontade são dele. Faça o que quiser, ame quem e como quiser. Uma vez, uma das raras vezes que ele estava sentado conosco vendo televisão, fiz uma declaração em alto e bom som, diante de uma cena com um personagem *gay*, deixando claro que respeitava o gosto e o gozo de cada um e que nessa questão de sexo quem sabe mais sabe muito pouco. Ele me olhou com uma certa ternura, mas foi só. Depois sumiu e nunca falou sobre isso. Se assim for, torço para que ele seja feliz do jeito que ele achar melhor. Que não seja como eu que fui casada à força, prometida em casamento e doada em troca sabe-se lá do quê. Nunca amei meu marido. Apenas o respeitei. Até porque jamais quis amar alguém, nem ele nem outro homem. Nenhum. Amor não enche barriga; enche o saco, isso sim. Tira pedaço da gente, faz doer, faz ficar pensando fora de você. Nasci sem esse dom, sem querer amar outra pessoa, sem querer experimentar essa coisa de amor, de sexo,

Este amor

O que fazer com este amor
cheio de responsabilidade?
Em cada gesto uma vontade louca,
uma certeza pouca.

O que fazer com este amor
tão pleno de pequenas lembranças,
tão forte na sua antiguidade,
em cada beijo um sopro de vida
uma esperança renascida,
uma descoberta abastecida.

O que fazer com este amor
sem espaço na roda-viva
ocupado em guardar-se escondido
nos cantos da noite,
nos pedaços das salas,
nos braços do risco?

O que fazer com este amor,
pergunta-me o vento,
querendo soprar para longe os
menores sentimentos:
escondê-lo até que a vida morra,
guardá-lo desde que a vida corra,
matá-lo até que tudo escorra?

Respondo ao vento:
tão grande assim,
não há limites que o prendam,
não há risco que o sufoque,
não há sinais que o escondam!

Tão amor assim,
não há que ser pensado;
tão amor assim,
só há que ser sentido.

de corpos se misturando e se comendo, do prazer de estar junto. Nunca senti isso, nem por homem nem por mulher. O único arranhão que tive foi um poema que recebi de um rapaz que trabalhava com meu pai. O cara era pobre de doer e um dia apareceu com o tal poema escrito numa folha de papel de embrulhar pão, coisa que não existe mais hoje, e me deu dobrado, sujo e suado como ele. Os versos falavam do amor dele, "Este amor" acho que era esse o nome do poema. Seria para mim? Nunca perguntei. De repente... guardei o papel por guardar. Um dia, já casada, achei e joguei fora, junto com outros papéis sem serventia. Minha neta, irmã dele, Maria Angélica, a terceira Maria da casa, às vezes fica olhando para ele, perdida em pensamentos, talvez lembrando-se dos tempos que brincavam juntos. E eu fico olhando para ela e fico pensando na falta de sentido das coisas. Talvez a vida seja isso, um grande quebra-cabeça, milhares de peças misturadas sem pé nem cabeça e cada um vai tentando montar o jogo, dando sentido às peças. E eu agora, olhando de volta a vida que vivi, totalmente sem sentido, correndo feito adolescente para pegar um caderno de registros alheios e encontrar sentidos lá... Quanta bobagem!

66

abril ou maio / mais ou menos 6 anos depois...
o tempo não para

Meu Deus... como o tempo passou! Vejo este caderno e parece que o passado volta assim repentinamente como quem nada quer... Como restam essas poucas páginas para encerrar este meu diário vou terminá-lo neste dia, agora que tomo mais uma decisão importante na minha vida: vou me casar neste fim de semana.

Hoje estou guardando, limpando e organizando tudo, mexendo nas gavetas, abrindo armários, redescobrindo nos meus guardados tudo o que eu fui construindo ao longo da minha vida até agora. Logo vou me mudar para a minha nova casa. Outro quarto, outro espaço, outro cenário, outra etapa da vida. Deixo este meu quarto, mas levo dentro de mim tudo o que eu vivi e me faz ainda ser eu, assim como sou.

Quando eu abri a grande caixa florida e dentro dela reencontrei este meu diário, meu coração bateu diferente. Fiquei triste, saudosa, feliz? Um pouco disso tudo, sim, e algo mais inexplicável. Peguei o caderno de que cuidei com tanto zelo, fui abrindo, vendo seus pertences e relendo tudo o que escrevi, revelando todo o meu sentimento e o que me faz humana. Que emoção! Quantas lembranças... Vertiginosamente, como num filme em *flashbacks* lindos, alguns momentos vieram à tona e me fizeram relembrar... reviver...

Lembro-me do diário interrompido. Fui virando adulta, e acabei me tornando uma professora de português, comecei a trabalhar, fui cuidando da vida, comecei a namorar o Adriano, meu dentista, e é com ele que vou me casar. E o diário ficou assim... abandonado.

Parece que repeti um pouco a vida da minha querida professora Maria Alice e da minha avó. E parece também que tenho a sina de me casar com algum imperador romano, não é?

A Marcinha continua minha amiga. Distante, mas presente. Nos vemos pouco, mas nos falamos por *e-mail* sempre. Ela foi para Portugal logo depois da faculdade, trabalha lá no setor de moda e já se casou e tem uma filha, agora com seis meses...

Do Ju fui tendo cada vez mais menos notícias. Ele foi se mudando para alguns outros lugares por causa do trabalho do pai. Recebi poucas cartas dele. Depois de tudo eu o vi uma vez só, rapidamente, num casamento de um primo dele aqui na minha cidade, no ano passado. Eu já estava com o Adriano, mas ele falou comigo e me entregou um bilhetinho disfarçadamente, que eu li, fiquei tentada, mas guardei e fiquei na minha. O tempo passou e sei que ele se formou em agronomia e hoje mora num sítio dele, perto de Curitiba, cuidando de frutos e orquídeas. E de que mais... não sei...

Você continua fazendo parte da minha vida, acredite. São coisas do coração... Você sabe. Fico sonhando em ter você na minha vida novamente. Você não quer conhecer a minha casa em Curitiba? O que você sentiu ao me ver de novo? Não vale a pena recuperar o tempo que perdemos?

O Ulisses já está casado e com filhos. Venha nos visitar, estamos esperando...

Até qualquer dia. Nem precisa avisar... Meu coração ainda é seu.

E agora que mexi e remexi em tudo isso e que estou prestes a jogar o meu buquê para outras amigas e iniciar um novo caderno de vida, fico na dúvida sobre qual o destino que vou dar a este caderno... Ideias é que não me faltam. Jogar no lixo, queimá-lo, não sei... Levar como recordação, talvez... Mas tenho de me decidir. Vejo que ele recebe ainda minhas últimas lágrimas dessa parte da história da minha vida aqui documentada. Vou fechá-lo depois desse meu último escrito e deixá-lo como que esquecido num banco qualquer dessa imensa cidade para que alguém o encontre, leve consigo a minha história, ela se junte a outras que estarão começando e que assim continue em outros corações. Acho que assim é melhor e mais digno. Quem sabe você não irá encontrá-lo?

*D*udu sentou-se no banco de madeira recém-pintado de verde. Estava um pouco cansado e sem muito ânimo. Mais desanimado do que cansado. Na sombra gostosa que cobria o banco duro da praça, um leve vento fresco movimentava os galhos e folhas de uma imensa árvore e alegrava ligeiramente o seu corpo, dando-lhe uma gostosa sensação de felicidade.

Sentado, Dudu deixou seus olhos livres na direção do futuro.